Franz Kafka

1883-1924

法蘭茲・卡夫卡

卡夫卡被譽為二十世紀最具影響力的作家之一，也是現代主義文學、存在主義文學的奠基者。
1883年7月3日生於布拉格的中產階級猶太家庭，大學攻讀法律，於1906年取得法學博士學位，後進入勞工保險局任職，並利用下班時間專心寫作。
1917年，卡夫卡的喉頭診斷出結核病，1924年病情惡化，6月3日逝世於療養院，享年40歲。
卡夫卡在世時，於文壇默默無名，只出版過包含《變形記》在內的幾則中短篇小說。
臨終前，卡夫卡曾交代摯友馬克斯・布洛德（Max Brod）焚毀自己的所有手稿。布洛德並未遵守，並將其長篇遺作《審判》《城堡》《失蹤者》整理出版，世人才得以認識卡夫卡的才華，並為之震撼不已。米蘭・昆德拉便說過：「如果不是布洛德，我們今天可能連卡夫卡的名字都沒聽過。」

管中琪

輔仁大學德國語文研究所畢，自由譯者，譯作有《希特勒回來了！》、《少年維特的煩惱》等。

Cover Photo: Franz Kafka around 1905 (© Wikimedia Commons)

Being 哲思文學系 ❶

變形記

又名《蛻變》

存在主義先驅小說

Die Verwandlung

Franz Kafka

法蘭茲—卡夫卡—著

管中琪—譯

法蘭茲．卡夫卡小傳

野人文化編輯部

法蘭茲．卡夫卡（Franz Kafka）被譽為現代主義文學的奠基者，有不少論者認為，他是二十世紀最重要的一位作家，不誇張地說，今天的文學家很少有不受卡夫卡影響的。然而，卡夫卡在他短暫的一生中從未成名過，他的著作與文學成就都是死後才為世人認識。其最為人知的作品包括：中篇小說《變形記》（Die Verwandlung），長篇遺作《審判》（Der Proceß）、《城堡》（Das Schloß），以及《失蹤者》（Der Verschollene，又名《美國》〔Amerika〕）。

卡夫卡的小說時常描繪現代社會的關係疏離與人的無能為力。主角往往置身於迷宮般的存在困境，面對著某個高大、不可撼動的權威象徵，以此開展出一段段詭譎迷離的劇碼。在卡夫卡之後的作家，如卡繆與沙特，筆下仍時時可見這類探討存在意義的哲思論作，而他們也一致承認自己受卡夫卡很大的影響，故也有論者稱卡夫卡為「存在主義文學的先驅」。

西裝與領帶，偉大作家的平凡一生

卡夫卡在各個時期的相片中，幾乎清一色著西裝、打領帶，面目清秀，眼神雖略帶憂鬱氣息，但觀之整體，不過是個隨處可見的上班族、公務員而已。白天上班，晚上寫作——這的確是卡夫卡的日常寫照，然而，來自父親的沉重壓力、面對愛情的焦慮苦楚，以及結核病的病痛，似乎又讓卡夫卡離「平凡」差了那麼一步。

四十歲的卡夫卡，攝於 1923 年。隔年卡夫卡死於結核病，過世時還不滿四十一歲。（©Wikimedia Commons）

一八八三年七月三日，卡夫卡誕生於布拉格的一個中產階級猶太家庭。父親赫曼・卡夫卡（Hermann Kafka）是白手起家的商人，經營著一間服飾用品店；母親茱莉・洛維（Julie Löwy）家裡是知名釀酒商，婚後也常常忙於自家企業。由於父母事業繁忙，時常不在家，卡夫卡的童年幾乎是由保母帶大，或多或少造成了他跟雙親的情感疏離，父親的權威更是他終其一生都甩脫不掉的巨大牢籠。

卡夫卡的父母，赫曼與茱莉，攝於1913年。（©Wikimedia Commons）

卡夫卡的三個妹妹，由左至右分別是瓦莉（Valli）、艾莉（Elli）、奧特拉（Ottla）。照片年代為1900年左右。（©Wikimedia Commons）

卡夫卡是家中長子，底下有兩個弟弟和三個妹妹。然而，兩個弟弟皆不幸早夭，而三個妹妹儘管順利長大成家，卻都在德國納粹時期死於猶太集中營。

卡夫卡從小課業優異，從文法學校畢業後，進入布拉格查理大學攻讀化學與文學，之後轉讀法律。大學時期他結識了一批文學青年，並開始嘗試寫作。一九〇六年，他獲得法學博士學位，隔年進入保險公司任職。卡夫卡這時候已將寫作視為最重要的事，但保險公司的工時太長，讓他沒有閒暇提筆，因此一九〇八年他轉任到勞工事故保險局，並利用下班時間專心寫作。

愛情與結核——卡夫卡的兩種病

卡夫卡一生未婚，主要有兩個原因：對婚姻的懼怕與結核病的侵襲。

一九一二年，卡夫卡在友人布洛德的介紹下認識了菲莉絲．包爾（Felice Bauer）。兩人情投意合，卡夫卡還寫了短篇小說〈判決〉（Das Urteil）致贈給她。隔年兩人訂婚，卡夫卡這時卻發現自己對婚姻異常焦慮，始終不能妥善面對，最後只得解除婚約。一九一七年，他與包爾二度訂婚，卻也二度解除婚約。也是在這一年，卡夫卡的喉嚨診斷出結核病，生命開始進入倒數階段。

在包爾之後，卡夫卡還曾在一九一九年與茱莉·沃里契克(Julie Wohryzek)訂過婚，但同樣以取消婚約告終。卡夫卡自述，每當他決定結婚，緊接而來的就是無止境的焦慮與痛苦。這是由於他對雙親（尤其是父親）和家庭一直抱持著複雜的疏離感，導致心理上無法跨出門檻，成立自己的家庭。

往後幾年，卡夫卡的病情不定期就會惡化，需要到療養院休養，主要照顧他的人是感情最好的

兩歲時的卡夫卡，攝於1885年。
(©Wikimedia Commons)

五歲時的卡夫卡，攝於 1888 年。
(©Wikimedia Commons)

小妹奧特拉。一九二一年，卡夫卡從勞工事故保險局退休。一九二三年，他在遊歷波羅的海期間，結識第三任情人朵拉．迪亞芒 (Dora Diamant)，兩人還曾短暫移居柏林，但因卡夫卡病情惡化，不得不搬回布拉格。

一九二四年四月，卡夫卡住進奧地利的療養院。六月三日，卡夫卡病逝，遺體運回布拉格，葬於城郊的新猶太公墓。

擺脫不去的父親陰影

卡夫卡的父親赫曼性情剛烈，教養嚴厲，對小卡夫卡的教誨有如聖諭，高高在上儼然是名不可違抗的皇帝。他說一即一，說二即二，父親的一切都是絕對正確，而其他都是錯的。

三十六歲時，卡夫卡給父親寫了一封長達五十幾頁的信，講述了從小到大對他的種種畏懼與不滿。信中，卡夫卡揭露了許多自己的內心創傷，也大篇幅描寫了父親的暴行，使得這封信後來成為精神分析研究的重要案例，更是後人理解卡夫卡及其作品不可忽略的重要文獻。

二十二歲的卡夫卡，攝於1905年。
(©Wikimedia Commons)

中學時期的卡夫卡，攝於1896年。
(©Wikimedia Commons)

1917年的卡夫卡，該年八月診斷出結核病。(©Wikimedia Commons)

二十三歲的卡夫卡，攝於1906年，該年取得法學博士學位。(©Wikimedia Commons)

對卡夫卡來說，父親是他終生都無法跨越的一道圍籬，其不可違抗的權威形象，不但表現在他筆下的父親角色，例如《變形記》裡葛雷高的父親；而他面對自己父親時的那份壓抑與不安感，甚至漫溢出來，充斥在卡夫卡絕大多數的作品當中。

在卡夫卡心裡，寫作這件事意味著逃離父親掌控，但也正因如此，他始終逃不了，所寫的也都是「父親」。卡夫卡在這封信裡便寫道：「我的寫作全都與你有關。」這種愛恨交織的矛盾情感，在短篇〈判決〉裡可說達到極致。故事中，主角對父親的畏懼已近乎病態，以至於父親要主角去投河自盡，他竟然聽話照做了。

然而，赫曼從未支持過卡夫卡從事寫作，甚至對卡夫卡送來的書不屑一顧。卡夫卡曾在另一封寫給友人的信上寫道：「上帝不要我寫，但是我必須寫。」或許這句話就足以道盡卡夫卡、父親，以及寫作三者的關係。

最重要的友人——馬克斯．布洛德

米蘭．昆德拉曾說：「如果不是布洛德，我們今天可能連卡夫卡的名字都沒聽過。」

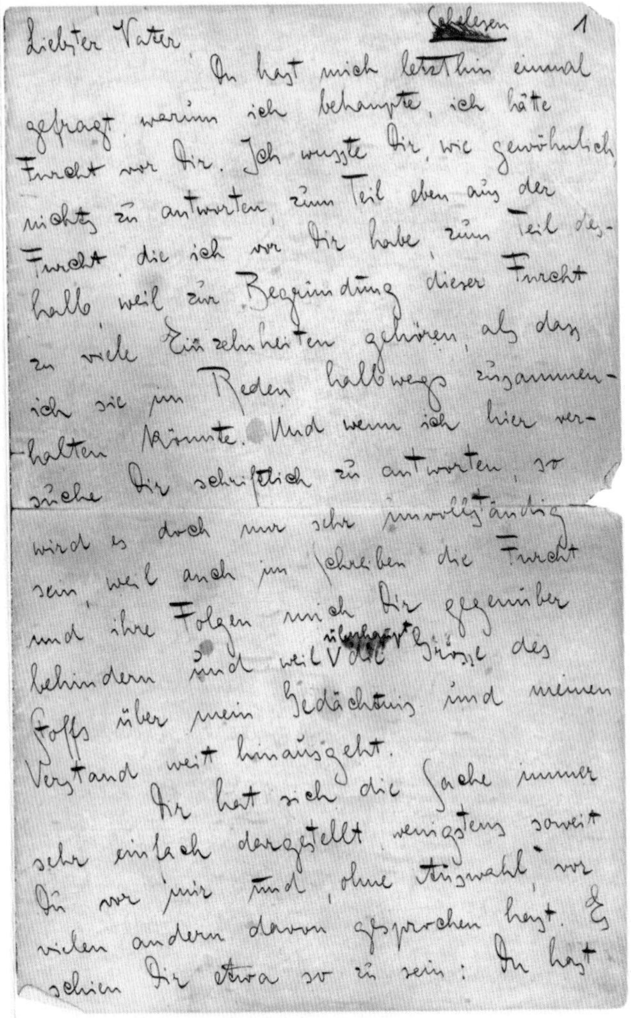

Schelesen 1

Liebster Vater

Du hast mich letzthin einmal gefragt, warum ich behaupte, ich hätte Furcht vor Dir. Ich wusste Dir, wie gewöhnlich nichts zu antworten, zum Teil eben aus der Furcht die ich vor Dir habe, zum Teil deshalb weil zur Begründung dieser Furcht zu viele Einzelheiten gehören, als dass ich sie im Reden halbwegs zusammenhalten könnte. Und wenn ich hier versuche Dir schriftlich zu antworten, so wird es doch nur sehr unvollständig sein, weil auch im Schreiben die Furcht und ihre Folgen mich Dir gegenüber behindern und weil die Grösse des Stoffs über mein Gedächtnis und meinen Verstand weit hinausgeht.

Dir hat sich die Sache immer sehr einfach dargestellt wenigstens soweit Du vor mir und, ohne Auswahl, vor vielen andern davon gesprochen hast. Es schien Dir etwa so zu sein: Du hast

卡夫卡寫給父親的信。（©Wikimedia Commons）

一九〇二年，卡夫卡就讀布拉格查理大學時，認識了同儕馬克斯．布洛德（Max Brod）。兩人一拍即合，不但會一起去咖啡館討論哲學，還會到酒吧、俱樂部玩樂，甚至同遊妓院。據布洛德所說，卡夫卡平時雖然沉默寡言，但相處起來並不會感到疏離，而且還頗有幽默感。

不像卡夫卡一生沒沒無聞，青年布洛德早已順利在文壇闖出名號，而他也大力支持卡夫卡寫作。一九二四年，卡夫卡死前曾交代布洛德將他的所有手稿焚毀，但布洛德違背了他的遺志，在卡夫卡死後陸續將作品編輯整理，出版了長篇遺作《審判》、《城堡》、《失蹤者》。一九三七年，布洛德撰寫的《卡夫卡傳》出版，而卡夫卡，也終於成為不可忽視的文學大師。

馬克斯．布洛德（1884~1968），照片攝於 1965 年。（©Nationaal Archief @Wikimedia Commons）

《變形記》出版祕辛

生前唯一的完整著作——《變形記》

卡夫卡從大學時期就開始寫作，但他的著作並不算多。雖然除了《變形記》之外，曾出版成冊的作品還有〈判決〉、〈司爐〉、《沉思》與《鄉村醫生》，但都只是零散短篇。而著名的《審判》、《城堡》、《失蹤者》三部長篇鉅作，也沒能在卡夫卡生前完成。這樣看來，只有一九一五年出版的《變形記》是自成一冊的完整著作，也因此是最多人閱

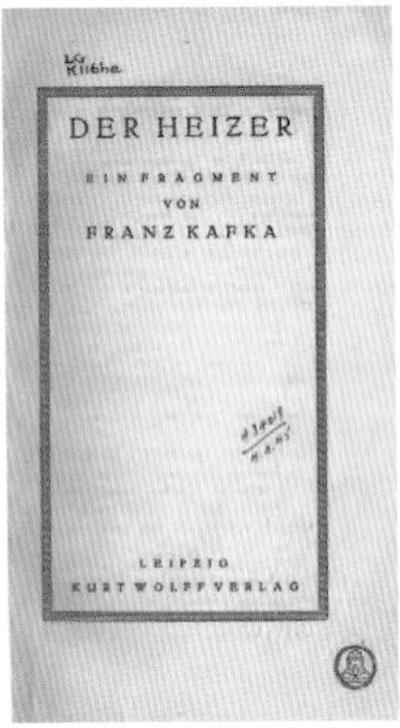

〈司爐〉(Der Heizer)

1913 年 5 月，收錄於沃爾夫出版社的文集。〈司爐〉其實是長篇小說《失蹤者》的第一章。(©Wikimedia Commons)

《沉思》(Betrachtung)

1912 年，卡夫卡出版的第一本書，收錄了 1904 至 1912 年間創作的十八則短篇故事。(©Wikimedia Commons)

讀過，也最適合入門的卡夫卡作品。

「千萬不行畫那隻蟲！」

卡夫卡的著作幾乎都是由萊比錫的出版商庫特・沃爾夫（Kurt Wolff）經手出版，其中也包含《變形記》。我們都知道，《變形記》的主角葛雷高・薩姆沙一覺醒來變成了詭異的大蟲，然而有趣的是，卡夫卡在故事中除了幾次描寫葛雷高「圓拱狀的背部」、「纖細的小腳」等身體部位以外，從未對他蛻變後的整體模樣有過詳細記載。

事實上，就在《變形記》準備出版時，卡夫卡寫了一封信給沃爾夫，他特

〈判決〉(Das Urteil)

1913 年 6 月，收錄於年刊《樂土》(Arkadia)。卡夫卡只用了一個晚上寫出〈判決〉。(©Wikimedia Commons)

《鄉村醫生》(Ein Landarzt)

1920 年，短篇小說集，收錄十四篇作品。(©Wikimedia Commons)

《變形記》初版封面。（©Wikimedia Commons）

卡夫卡的簽名，1920 年。（©Wikimedia Commons）

別交代：「我突然想到，插畫家史達克（Ottomar Starke）可能會在封面畫上那隻蟲。不行，千萬不行！……不行畫出這隻蟲，連遠遠的畫也不行。也許他本來就沒這個打算，而我這項要求也可以用微笑打發。但您若願意傳達這項請求，我會非常感激。如果要我為插畫提供建議的話，我會選擇這一幕：（葛雷高的）父母與經理站在鎖起來的門前，或是這樣更好：父母和妹妹站在開著燈的房間，身旁是一扇開著的門，通往一片黑暗。」

於是，就在卡夫卡的請求之下，《變形記》初版封面繪製了一個身著睡袍、雙手抱頭看似沮喪的男子，他的背後就是一扇通往黑暗的門扉。

《變形記》的蟲，到底是什麼蟲？

「一日清晨，葛雷高．薩姆沙從擾人不安的夢境醒來，發現躺在床上的自己變成了一隻龐然古怪的蟲……」究竟，「龐然古怪的蟲」是什麼樣子？儘管卡夫卡無意著墨於此，但後世的翻譯家、文學家、藝術家，對這個問題仍然津津樂道，乃至於各國出版商，也為了封面到底該畫上什麼「蟲」而大傷腦筋。於是，《變形記》出版至今一百多年，這隻蟲也「蛻變」成了各種形貌，從常見的甲蟲、蟑螂，到千奇百怪的人形蟲、蟲形人，似乎每個人都有不同想像。

對這個問題最感興趣的人，莫過於身兼作家與昆蟲學家的納博科夫（Vladimir Nabokov）了。四、五〇年代他在美國開設文學課程，當講到《變形記》時，他特別說明了這是哪種蟲。首先，不是蟑螂。因為葛雷高的背部是圓拱狀，顯然與扁平狀的蟑螂不符。其次，他有「分隔成數個弧形硬片」的腹部，以及「堅如盔甲的背部」，似乎暗示底下藏有翅膀（儘管故事中並未展現）。最後，他長有觸角與結實的上下顎。這些描述讓納博科夫很有自信地認為，這隻蟲是甲蟲。

美國翻譯學者蘇珊・別諾夫斯基（Susan Bernofsky）則有不同看法。她在《紐約客》雜誌寫道，「蟲」（Ungeziefer）一字屬於中古高地德語，指「不宜用於祭祀的不潔動物」，屬於「噁心、詭異、令人毛骨悚然的東西」，舉凡昆蟲、害蟲、齧齒類都是。她的結論是：「卡夫卡要我們以朦朧不清的觀點來看待葛雷高的新身體，就像葛雷高自己也這般看待一樣。」

探索卡夫卡之城——布拉格

卡夫卡一生中，除了幾次旅遊和療養之外，幾乎不曾離開過布拉格。當時的布拉格隸屬奧匈帝國，人口組成以捷克人和德裔族群為大宗，像卡夫卡一家這樣的猶太移民，是相對少數且弱勢的。

時至今日，卡夫卡早已成了布拉格的城市象徵，城內相關的景點與宣傳數不勝數，幾乎可以說，布拉格就是卡夫卡，卡夫卡就是布拉格。野人文化編輯部精心挑選十六個城市景點，只要一一走訪，也彷彿走過了卡夫卡的一生。

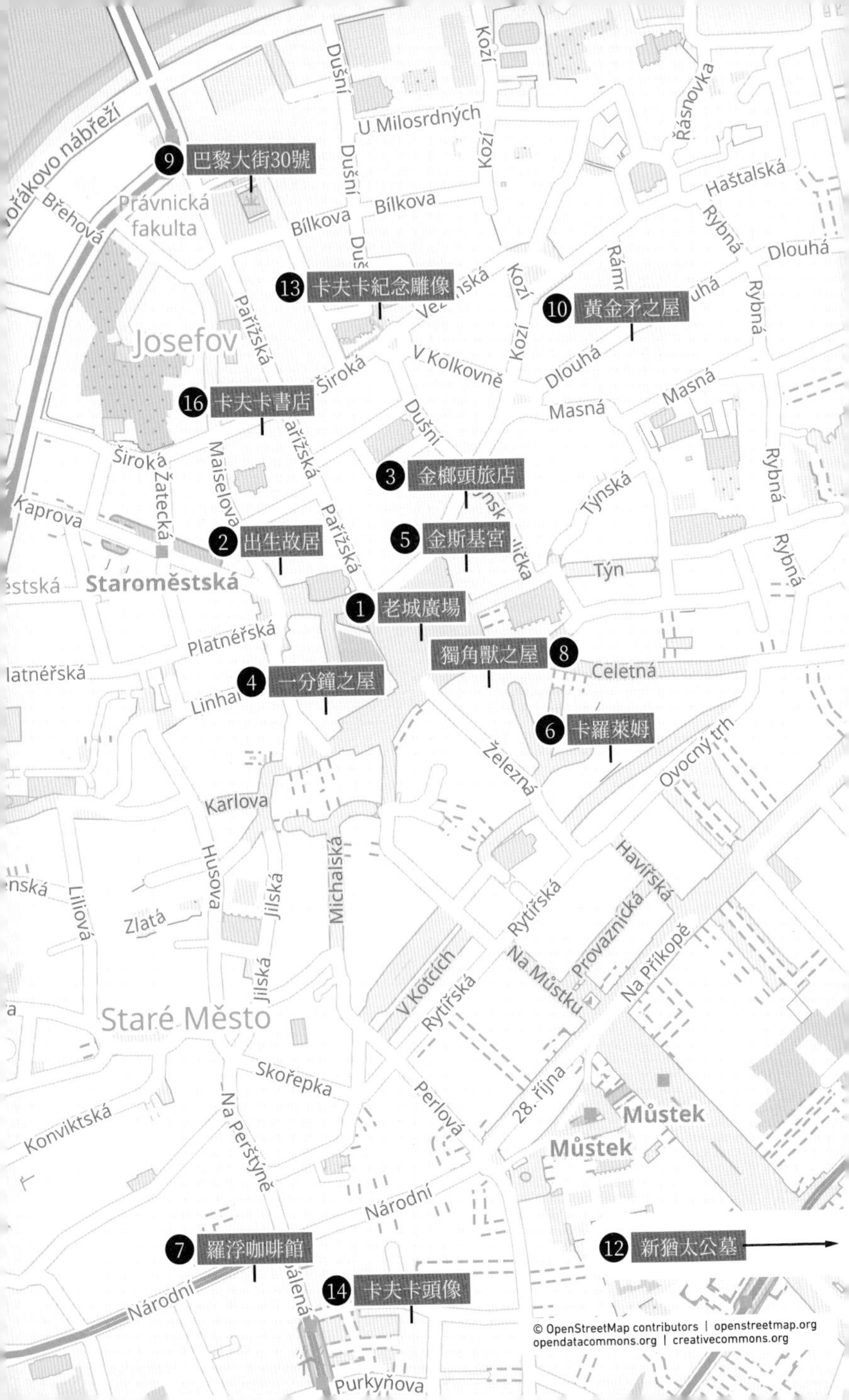

9 巴黎大街30號
13 卡夫卡紀念雕像
10 黃金矛之屋
16 卡夫卡書店
3 金椰頭旅店
5 金斯基宮
2 出生故居
1 老城廣場
8 獨角獸之屋
4 一分鐘之屋
6 卡羅萊姆
7 羅浮咖啡館
14 卡夫卡頭像
12 新猶太公墓
Josefov
Staroměstská
Staré Město
Můstek
Právnická fakulta
Dušní
Kozí
U Milosrdných
Řásnovka
Haštalská
Rybná
Dlouhá
Bílkova
Břehová
Pařížská
Široká
V Kolkovně
Masná
Maiselova
Žatecká
Kaprova
Týnská
Týn
Platnéřská
Linhartská
Celetná
Železná
Ovocný trh
Karlova
Husova
Jilská
Michalská
Liliová
Zlatá
Havířská
Rytířská
Provaznická
Na Můstku
Na Příkopě
V Kotcích
28. října
Skořepka
Perlová
Konviktská
Na Perštýně
Národní
Purkyňova
© OpenStreetMap contributors | openstreetmap.org
opendatacommons.org | creativecommons.org

布拉格：卡夫卡景點地圖

11 黃金巷22號藍色小屋
15 卡夫卡博物館
Na Opyši
Brusnice
Zlatá ulička
Jiřská
Moravská bašta
Valdštejnská
Malostranská
Malostranská
Malostranská
U Železné lávky
Kosárkovo nábř
Malá Strana
Letenská
Mánesův most
Tomášská
Vltava
Josefská
Malostranské náměstí
Malá Strana
Panorama
Tržiště
Saská
Karlův most
Karlův most
Na Kampě
Čertovka
Hellichova
Újezd
Nosticova
Hellichova
Hellichova
Hellichova
Všehrdova
Újezd
Říční
Říční
Újezd
Vítězná
most Legií
Národ divadl

❶ 老城廣場 Old Town Square

地址 Staroměstské náměstí

在卡夫卡的年代，老城廣場由於鄰近猶太街區，很多猶太移民都居住於此，包括卡夫卡一家。卡夫卡幼年時期經常搬家，但每次都還是搬到老城廣場周邊，讓他感慨：「我的整個人生，都被關在這個小圈圈。」

廣場塔樓的天文鐘，自一四一〇年以來就屹立至今，是目前世上最古老的天文鐘。

---

❷ 卡夫卡出生故居 The House of Kafka's Birth

地址 U radnice 5

這棟公寓坐落於老城廣場外圍，一八八三年七月三日卡夫卡誕生於此。不過，卡夫卡一家隔年五月就搬離此屋。一九六五年雕塑家 Karel Hladík 在建築的路口轉角上擺設了一個卡夫卡頭像牌匾做為紀念。現在這裡是卡夫卡展示館。

❶ 俯瞰老城廣場。（©A.Savin @Wikimedia Commons）

❶ 布拉格天文鐘，已有六百年歷史，至今仍持續運轉。（©Interfase @Wikimedia Commons）

❷ 卡夫卡出生的公寓，原建築已於 1887 年燒毀，現址為 1902 年重建。（©DIMSFIKAS @Wikimedia Commons）

❷ 位在路口的牌匾，上面記載：「1883 年 7 月 3 日卡夫卡於此出生。」（©DIMSFIKAS @Wikimedia Commons）

❸ 金槲頭旅店
Hotel Goldhammer
地址 Staroměstské náměstí 8

位於老城廣場八號的金槲頭旅店，其實是卡夫卡父親赫曼第一間店的所在處。一八八二年，卡夫卡出生前一年，赫曼在此開設「赫曼．卡夫卡時尚用品店」，以烏鴉（捷克語「卡夫卡」之意）做為店徽。店內生意興隆，讓卡夫卡一家順利成為中產階級。

❹ 一分鐘之屋
House at the Minute
地址 Staroměstské náměstí 3

同樣位於老城廣場上的「一分鐘之屋」，是卡夫卡一八八九到一八九六年間的住家，卡夫卡就讀小學期間，就是住在這裡。三個妹妹瓦莉、艾莉與奧特拉都在這裡出生。

❺ 金斯基宮
Kinský Palace
地址 Staroměstské náměstí 12

小學畢業後，一八九三到一九〇一年間，卡夫卡就讀位於金斯基宮的德國文法學校。當時的布拉格，德裔族群雖然只占不到百分之十人口，但德語卻是最通用的語言。卡夫卡家裡說的是德語方言，多少會受人歧視。而卡夫卡就是在文法學校學會以正統德文閱讀、寫作。

❸ 金槨頭旅店的粉紅色外觀十分亮眼。（©Richard Mortel @Wikimedia Commons）

❹ 建築牆面上的刮畫裝飾是 1615 年左右畫上的，主題是一些聖經故事。（©Ben Skála @Wikimedia Commons）

❺ 金斯基宮現為布拉格國立美術館。（©Rémi Diligent @Wikimedia Commons）

6 卡羅萊姆
The Carolinum

地址 Železná 9

從文法學校畢業後，卡夫卡進入布拉格查理大學的卡羅萊姆學院就讀。他只讀了兩個星期的化學與文學，便轉攻法律。在給父親的信中，他寫到這一轉變的由來：「對我來說，沒有選擇學科的真正自由，我知道：思考取捨後，我仍會走上跟所有人毫無不同的路。」

7 羅浮咖啡館
The Café Louvre

地址 Národní 22

卡夫卡在大學時期認識了一群哲學愛好者，包括馬克斯·布洛德、雨果·伯格曼（Hugo Bergmann）與菲力克斯·魏爾希（Felix Weltsch），他們組成了一個哲學討論圈，並時常在羅浮咖啡館聚會。

8 獨角獸之屋
House at the Unicorn

地址 Staroměstské náměstí 18

除了在羅浮咖啡館聚會之外，卡夫卡的哲學討論圈也會聚集在獨角獸之屋，參加女主人——柏塔·芬達夫人（Berta Fanta）主辦的哲學讀書會。他們在這裡讀康德、黑格爾等歐陸哲學思想。

8 1910 到 1911 年間，愛因斯坦曾在獨角獸之屋參與多次研討會。（©Michal Kmínek @ Wikimedia Commons）

6 卡羅萊姆建於十四世紀的查理四世時期，是中歐最古老的大學。（©Jan Sokol @Wikimedia Commons）

7 一直到現在，羅浮咖啡館也仍在營業中，是布拉格數一數二的老牌咖啡館。（©VitVit @Wikimedia Commons）

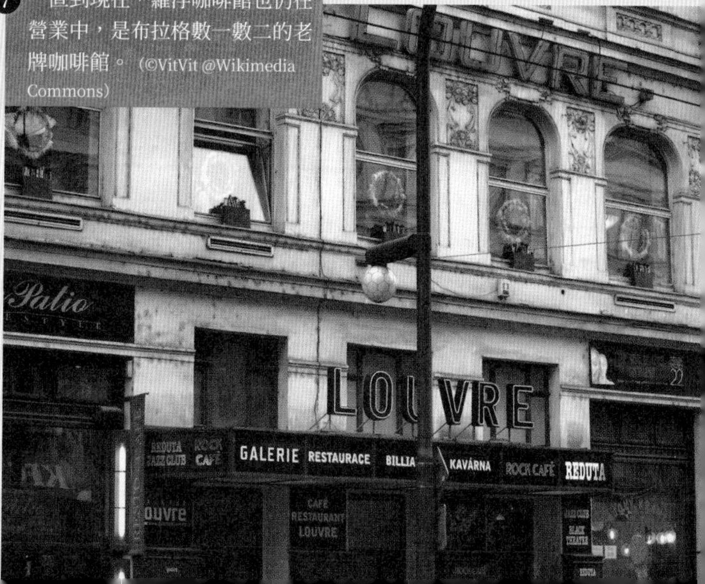

9 巴黎大街 30 號
Parizska Street 30

地址 Pařížská 30

卡夫卡創作《變形記》期間，就是住在巴黎大街三十號的公寓四樓。據卡夫卡的研究者指出，《變形記》故事中的公寓，原型就是來自這裡。可惜的是，這棟建築已於一九四五年全毀，現已改建成布拉格洲際飯店（InterContinental Prague）。

10 黃金矛之屋
House at the Golden Pike

地址 Dlouhá 16

一九一五年《變形記》出版後，卡夫卡搬到了這間黃金矛之屋，並住到一九一七年二月。然而，他並不喜歡這裡，還寫信給未婚妻菲莉絲．包爾抱怨。住在這裡的兩年期間，卡夫卡幾乎沒有動筆寫作。

11 黃金巷 22 號藍色小屋
The House in the Golden Lane

地址 Zlatá ulička 22

卡夫卡後來搬到了黃金巷這間著名的藍色小屋。他在這裡總是利用下午寫作，天黑後就會出外散步，直到睡前才回來。住在藍色小屋期間，卡夫卡創作了包括《鄉村醫生》在內的幾則短篇。

9《變形記》的創作地點，如今變成一間飯店。（©Jirka Bubeníček Wikimedia Commons）

10 黃金矛之屋。卡夫卡在信裡寫道，這裡的噪音是巴黎大街 30 號的十倍。（©Aktron @Wikimedia Commons）

11 藍色小屋現在是一間販賣卡夫卡周邊產品的小書店。（©Geertivp @Wikimedia Commons）

⑫ 新猶太公墓

New Jewish Cemetery

地址 Izraelská 712/1

卡夫卡在奧地利療養院病逝後，遺體運回布拉格郊區的新猶太公墓埋葬。新猶太公墓起初是因應老城區的舊猶太公墓空間不足而建，於一八九一年落成，可以容納約十萬座墓碑。除了卡夫卡之外，這裡也沉睡著許多捷克的藝文人士。

⑬ 卡夫卡紀念雕像

Statue of Franz Kafka

地址 Dušní, 110 00 Staré Město

卡夫卡騎在一個高大男人的肩膀上，而男人的西裝下卻是空無一物。位於舊城區的這座卡夫卡雕像，是捷克藝術家 Jaroslav Róna 二〇〇三年的作品，靈感來自於卡夫卡早期的短篇小說《爭吵》（Beschreibung eines Kampfes）。也有不少人認為，這名高大男人指的是卡夫卡的父親。

⑭ 卡夫卡頭像

Head of Franz Kafka

地址 Charvátova, 110 00 Nové Město

布拉格的 Quadrio 百貨旁廣場，立著一座將近十一公尺高的卡夫卡頭像，乍看之下有如層層堆疊的巨大鏡子，反射著熱鬧的布拉格街景。頭像由捷克雕塑家 David Černý 設計，以四十二層鍍鉻板組成，每一層都可以獨立運轉，讓卡夫卡的頭隨時旋轉、變形、扭曲，形成一道道詭異的金屬光景。

12 卡夫卡及父母皆埋葬於此。
(©Ferran Cornellà @Wikimedia Commons)

13 卡夫卡紀念雕像位於 Vězeňská 街和 Dušní 街，高 3.65 公尺。
(©Myrabella @Wikimedia Commons)

14 這座卡夫卡頭像安裝於 2014 年，是目前最具知名度的卡夫卡塑像。
(©Jindřich Nosek @Wikimedia Commons)

⑮ 卡夫卡博物館
Franz Kafka Museum

地址：Cihelná 635/2b

二〇〇五年，卡夫卡博物館開幕，地點就在伏爾塔瓦河對岸、布拉格城堡山丘下，遠眺著卡夫卡所生活的舊城區。館內收藏並展覽了許多卡夫卡的生平資料與裝置藝術，非常值得一看。

---

⑯ 卡夫卡書店
The Franz Kafka Bookstore

地址：Široká 14

位在舊城區的這間書店，是由卡夫卡學會（Franz Kafka Society）所經營，不但有販賣卡夫卡的著作，還可以預約導覽行程，讓專人帶領，走訪舊城區的各個景點。

此外，自二〇〇一年起頒發的卡夫卡文學獎，就是由卡夫卡學會主辦。二〇〇六年，日本作家村上春樹獲該獎，並難得一見的公開出席領獎。受訪時，村上說：「卡夫卡的作品中有一種普世價值，我十五歲第一次讀《城堡》時，就覺得這本書是寫給我的。」

15 入口處立著兩個緊鄰的 K，是否指的是《審判》和《城堡》的主角 K 呢？（©Catatine @Wikimedia Commons）

15 博物館門外的男人對站雕像，也是卡夫卡頭像雕塑家 David Černý 的作品。（©Thermomix @Wikimedia Commons）

16 卡夫卡書店於 2007 年開幕，目前是卡夫卡學會的總部，與卡夫卡出生故居僅有一個街區的距離。（©Aktron @Wikimedia Commons）

目錄

《變形記》文學特輯

推薦序

變形記

推薦序

火車，囚徒，與異化：關於《變形記》的思索

小說家　朱嘉漢

錯過的那班車

不需鋪陳，卡夫卡《變形記》的開頭給予讀者的情境，同步疊合在主角薩姆沙乍現的意識：「一日清晨，葛雷高．薩姆沙從擾人不安的夢境醒來，發現躺在床上的自己變成了一隻龐然古怪的蟲。」

自然，也不需要對讀者解釋與設定（他為什麼變成蟲？怎麼變的？）。就一如我們大多數人，在擁有意識以來，並不會特別執迷去質問「我為何有意識？」「我為何在這個世界？」「為什麼我是這樣的存在與這樣的活著？」這類的問題。

這幾乎是最好的小說開頭之一，甚至一句話便完成了小說。光這句話，已經足夠稱為小說。

於是，我們看著不知道自己身上到底發生什麼事的薩姆沙，隨著他思想，觀看，聆聽，艱難移動，這個囚禁在巨大蟲子的人類靈魂。

奇怪的是，在卡夫卡如此冷靜呈現下，變成蟲的驚悚感與困惑，移轉到這平凡人的意識上。

薩姆沙並不慌張，內心問了一句「我怎麼了？」後，觀察窗外，惱怒睡姿不自在。然後抱怨了工作與生活後（能感覺積怨已久），才驚醒過來。不是為了這副身體怎麼工作、會不會恢復、怎麼跟公司解釋等問題。而是他發現他錯過了早上五點的火車。

他思忖該如何解釋，「工作五年來，不曾生過病」的他，以怎樣理由交代。他的憂慮並沒錯，一個小小的失常，竟引來經理到府詢問。

短短的思慮間，沒有情緒，卡夫卡讓我們看到他活著的姿態：生活準時，工作上不會無故曠職。一如火車，而且始終在常軌上。火車，不正是現代生活最大的象徵之一？

薩利姆錯過的，不僅是一兩班火車，他徹底的落在全人類的常軌之外，錯過整個人類生活。不僅遲到，他注定缺席了。

雙重囚徒

接著小說進入了另一種日常。薩姆沙囚禁在蟲子身體裡，亦囚禁在家庭關係裡。既像囚徒，亦如放逐，放逐在家裡，所謂「角落」，不可見或視而不見之處。

他與家人彼此囚禁，陷入緊張關係裡。這當然是卡夫卡先驅的「密室」，「他人即地獄」的高密度展現。薩姆沙過去所有為家庭的犧牲，換取不到任何情感，反倒成為麻煩。

只是這雙重囚禁，殘忍點說，不過是他一直以來的生活樣貌。他所辛苦的一切都是為了家庭生計，一直身不由己的活著。於是弔詭的，「變成蟲」這件事所引發的雙重囚禁，反倒是鬆綁。是那緊緊的鏈鎖鬆開之際的陣痛，而平時早已麻木。

變成蟲，然後失去了可以溝通的聲音。他無法再為工作負責，無法為家庭承擔。作為累贅，他也不再去想會錯過哪班火車，不再擔憂家計。他在意起身體感受、會疼痛、喜愛爬上天花板。成為蟲的他，不知不覺開始為自己而活。但另一方面，當他開始「為自己而活」，在他的命運中，猶如為自己「社會的我」宣判死刑。

他也許知道，這與變不變成蟲無關，在這社會，包括家庭，他都只能為別人而活。

真正的異化者

不是每個小說家都能如他讓人強烈感受「卡夫卡的世界」。這使得我們在其中的觀看與感受，與自己所在的世界，亦產生疏離。這疏離感，同時讓我們不得不面對生存本質的問題。

薩姆沙變成了蟲還考慮著工作十分荒謬。然而當我們回頭思想，作為一個人，這般思想慣性不是隨處可見嗎（包括我們）？這常態，其實相當變態。換句話說，為什麼身而為人，我們如此思想與作為就不奇怪呢？

現代人的種種異化，關於一個人如何跟他的勞動疏離、跟生活或生命疏離、跟家庭情感疏離，卡夫卡的《變形記》幾乎做了最好的展示。不以理論家式的思考，而是直接呈現現代生活異化者薩姆沙的意識。讓他以巨大蟲子的特殊存在條件中，一個家庭中最為疏離又迫近（且威脅）的一份子，見證家庭成員同樣異化的心靈。憤怒的父親，哀傷而無能的母親，情感最緊密的妹妹。

悲傷的是，看似最有「人情」的妹妹，也在這給定的新的生活條件裡（她從認為蟲子是哥哥到否定的過程相當重要），成為「會算計的」一份子。

他終於一點牽掛也沒有了。作為人類的薩姆沙，一點也不復存，在這世界上未留下一點痕跡。

這是最好的結局，連哀傷都省去了。

推薦序

最明亮的世界，最荒謬的年代

師大通識中心助理教授　紀金慶

從《變形記》的第一句話開始，我們就進入了一個無比詭譎、同時也無比荒謬的世界。

當然，我知道，首先浮上我們意識的，是這樣一個尖銳的問題：在一個奇幻文學、奇幻電影充斥的年代，甚至可以說奇幻文學和奇幻電影就是商品市場之主流的年代，卡夫卡在一個世紀以前所寫下的這部作品還值得我們閱讀嗎？相較於當代小說與電影裡令人嘆為觀止的劇情以及五光十色的場景，卡夫卡文學仍有勝出的空間嗎？

我的答案是百分百肯定的，因為卡夫卡的小說，驚人之處還不在於它的虛構能力，而更在於它精準捕捉真實的功力。

一流的小說，是用架空的世界，道出現實生命中難言的真實。

那麼，卡夫卡所捕捉到的真實是什麼？

我認為，卡夫卡捕捉到的，正是我們現代世界極度合理的外表下所隱藏的極度荒謬。正是在這一個地方，卡夫卡的小說是現代人必讀的經典。

我們眼前的這個世界，理性的可以，同時也荒謬的可以。

約略四百年前，啟蒙運動作為現代世界的開端，它挾帶著科學革命的優勢，逐步取代了中世紀教會長達一千三百年的統治。過去瀰漫著宗教意涵的世界，被置換成一個純粹經由運算而得以解釋的宇宙。

藉由科學的算式，眼前世界的裡裡外外逐步地一一揭去神祕的面紗，成為一個被社會學家韋伯（Max Weber, 1864-1920）稱之為「解除魔咒」（disenchantment）的現代世界，這是一個一切神祕被計算剝的所剩無幾的理性世界。

在四百多年的文明演化中，人類進入一個前所未有的嶄新境界，過去受制於自然的人類，學會了用運算的方式操控自然，我們讓風變成了風力、水成了水力，並在最後讓瀰漫於一切空間的原子為我們釋放能量。

科學知識成了一種權力，現代理性藉由科學知識讓自然的每一寸肌理為我們效勞。

科學模式的巨大成功，讓人的目光從如何操控自然轉向如何操控人類自己。

過去，人類如何用科學知識穿透自然，讓自然成為自然資源為我所用，現在，人類便如何用合理計算讓人類自己成為人力資源，為科層體制的社會結構服務。

最後，一個光禿禿的現代世界，外宇宙和內宇宙都被計算的無比透亮，自然與精神都被夷平為一個又一個數據的體制，自然消失了，人存在的意義也消失了。這是因為意義問題無法通過運算被回答，於是現代世界跳過了這個問題。一切都是數值，一切都是產值和效能，人類操控自然的方式終究是回過頭來反噬自身。

人類自此迷失在一個自造的現代迷宮之中，這座自造的迷宮越是複雜，意義的出口就越加遙遙無期，而我們自陷其中也越是不可自拔。

一個作家的偉大，在於他的筆如何回應時代的難。卡夫卡的小說為我們揭示這個看似一切明亮的現代世界之另一面灰暗。

因此，一旦我們開始閱讀卡夫卡，我們便意識到迷宮。而現代迷宮，是一種延遲意義出口的精緻設計。

我們可以在〈地鼠〉、〈流刑地〉與〈飢餓藝術家〉這些短篇小說中找到卡夫卡寫作的原型，在這些故事裡，我們讀到地鼠不斷挖掘盤根錯節日益精實的地洞，儘管地洞早足以防禦天敵和提供足夠食物，然而掘洞早已從求生的手段轉變為目的自身，掘洞本身就是目的，不是為了生存而掘洞，而是生存是為了掘洞；流刑地的行刑官如何偏執於精湛化刑臺設計與行刑技術，在一個不再需要行刑的年代；最後，飢餓藝術家不斷展演他的飢餓演出，儘管表演本身早已失去圍觀的群眾。

卡夫卡擅寫業已失去意義，卻仍不斷持續擴增的存在序列，在卡夫卡描繪的黑色宇宙中，運轉生活世界只需原因（cause），而毫無原由（reason）。理性（reason），很弔詭地，打從一開始便被排拒在世界的合理性（rationality）之外。

在《審判》中，故事的開端是由於主角K因被指控而判罪，然而他並不知道自己何以被指控？為何被判罪？他有時想自我辯解，卻又自我質疑何以需要自我辯解，他的困擾也是故事中執行法務人員的困擾，因為他們認為給出理由超出他們的專業，他們的業務只是執行相關的程序，因此一致認為要為獲罪事實「給出理由，有點棘手」，唯一需要確認的事實只有主角獲罪這條事實。在三十一歲生日的前一天，兩名黑衣人將主角帶走，主角幾乎沒有反抗的態度，反映似乎早已無望的接受最終審判的不可理喻與無可避免，在清晨時分他被押至採石場，兩名黑衣人把他腦袋按在一塊石頭上並劃開他的喉頭，「像條狗似的」是主角在嚥氣前的最後一句話。無關乎任何意義，無關乎任何價值，只是像條狗一樣，人，就這樣被處決和丟棄。故事從獲罪開始到審判結束，讓故事世界中一切行動成立的唯有且只需有「由於被判罪」這個事實，而無需任何「為何被判罪」的原由。沒有人，包括主角自己，認為需要為這一切存在找到原由。

在《變形記》裡，主角無端端地一覺醒來就成了一隻甲蟲，但荒謬的是，他首先擔心的卻是他所錯過的早班車，而此刻當下的老闆會否指責他怠惰？會否因此丟了飯碗？丟了飯碗之後，他的家庭能否承擔？為了避免破壞閱讀這部新譯作的趣味，我這裡只做一個提醒，在你閱讀整篇故事的過程中可以留意卡夫卡所經營的荒謬趣味，這種荒謬性建立在一種不對稱性上面。我們故事裡的主角是一個心思相當縝密的年輕人，他的每一條思慮都以精細的方式推演著一條又一條思緒，唯一的問題只在於，他思慮的每一步從開始的那個首要問題，很快的進入了一步接著一步焦慮的細節之中，然而，那個被快速丟失的首要問題從此再沒回到他的思慮當中。

卡夫卡所虛構的世界，就這樣道盡了我們現代世界的荒謬，一切被思慮的透亮、被盤算的透亮，唯獨某個最核心的關鍵問題，被那通透的思慮、縝密的盤算給遺漏了。

卡夫卡為我們指點：我們現代人是如何在這樣一個一切都明明白白的合理世界中，進入一個又一個不合理的軌道裡頭，並勞碌的跟著整體機制運轉起來。

這是一個最光明的世界，同時也最黑暗的年代。這是一個最理性的世界，同時也最為荒謬的時代。

細心閱讀卡夫卡的《變形記》，他將為你和盤托出我們這個現代世界看似極度對反、卻又彼此交織纏繞的兩張容顏。

變形記

Die Verwandlung

一日清晨，葛雷高．薩姆沙從擾人不安的夢境醒來，發現躺在床上的自己變成了一隻龐然古怪的蟲，身體仰著，堅如盔甲的背部抵著床。他稍稍昂起頭，看見微凸的棕色腹部分隔成數個弧形硬片，被單幾乎蓋不住肚皮，眼看要滑下去；幾隻細腳，比起偌大身軀，瘦弱得可憐，在他眼前無助地揮舞著。

「我怎麼了？」他心想。這不是夢。他的房間依舊靜靜落在四方熟悉的牆內，雖顯逼仄，卻實實在在是成人的房間。尚未打包的布料樣品散在桌面（薩姆沙是個經常出差的業務代表），桌子上方，掛著一張他新近從畫刊剪下的圖片，裱在雅致的金色框裡。圖中端坐著一位貴婦，頭戴毛皮帽，頸部環著毛圍巾，一隻裹著軟厚暖手筒的手朝觀者舉高，前臂全沒入筒裡。

葛雷高目光移到窗邊。天氣陰鬱，雨滴淅瀝嘩啦打在窗台上，他不由得憂傷抑鬱，心想：「乾脆多睡一會兒，忘掉愚蠢的一切吧！」卻是完全辦不到。他平時習慣側向右睡，然而依目前的情況，根本無法變換姿勢。不管再怎麼使勁朝右翻，總是晃回原來的仰躺姿勢。他還閉上眼，免得瞧見躁動亂舞的腳。試了不下百次後，腰側出現未曾有過的隱隱悶痛，才不得不放棄。

「天吶，我挑了個什麼樣的苦差事呀！經年累月在外奔波，四處推銷，比辦公室裡的業務還要辛勞。加上舟車勞頓，時時得擔心接不上火車；三餐也不定，食物只能勉強湊合；更遑論路途上萍水相逢，人際浮泛，交情始終無法長久。這一切，全都見鬼去吧！」他覺得肚皮有點發癢，於是緩緩挪動身子，移向床柱，好把頭抬高點。他終於找到發癢處，上面布滿令人納悶的小白點，舉起一腳想搔一下，才剛碰著，又倏地縮了回來，渾身直打哆嗦。

他又滑回原來的位置，心想：「太早起床看來會變蠢呀，人真得睡飽才行。別的業務員，日子舒服得猶如後宮嬪妃。我上午跑完業務，回到旅店登記達成的訂單，這些大爺才正要吃早餐。我或許也該這樣對待老闆，但想必會當場遭他解雇。誰知道呢，解雇了對我或許更好。若非為了父母，我何苦吞忍至今，早辭職不幹了。我會走到老闆面前，把心底的想法一吐而盡。絕對讓他聽了從桌上跌下來！這人也奇怪，竟坐在桌上，居高臨下對部屬說話，而且還重聽，讓人不得不湊到他跟前回話。不過，也還不至於完全放棄希望。等我攢夠了錢，還清父母欠他的債務——約莫再五、六年吧——我一定辦得到！到時候我的機會就來了。但是，目前我得暫且先起床，火車五點要開了。」

他望向櫃子上滴答作響的鬧鐘，「天吶！」他心想。已經六點半了，指針依然從容不迫往前移動，甚至超過六點半，將近六點三刻了。難道鬧鐘沒響？他從床上看去，鬧鐘的確撥到四點，一定響過了，沒錯。然而鐘響聲震屋宇，他真能安穩睡過頭？嗯，他沒睡得安穩，但顯然睡得深沉了。現在怎麼辦？下一班火車是七點，要趕上這班車，他得拚死拚活才行，但布料樣品還沒收拾，他也覺得沒什麼精神，周身疲頓。況且，即使趕上火車，也免不了老闆大發雷霆，因為鋪子裡跑腿的小廝等著先前五點那班車，沒見著他，這時準回去稟報了。那傢伙是老闆養的奴才，沒有骨氣，沒有腦袋。那麼，請病假行嗎？但是葛雷高工作五年來，不曾生過病，這樣做十分尷尬，也啟人疑竇。老闆想必會帶著醫療保險公司的醫師上門，然後指責他父母養出懶惰的兒子，拿醫師的診斷堵住所有辯駁的藉口。這位醫師認為世上只有身強體健卻怠於工作的懶惰鬼。話說眼前這種狀況，醫師說的不也沒錯？葛雷高睡了長長一覺後，除了有點不必要的昏沉感，其實覺得自己狀態還不錯，甚至飢腸轆轆，餓得要命。

種種念頭飛快閃過他的腦海，他仍未下定決心起床。鬧鐘走到六點三刻了，這時，床頭邊那扇門響起小心翼翼的扣門聲。「葛雷高，」是母親的叫喚，「六點三刻了，你還不出門嗎？」多溫柔的嗓音呀！

葛雷高聽見自己回答的聲音，頓時吃了一驚。分明仍是他平時的聲音，但摻雜著一種無法抑制的難受嘎吱聲，彷彿從身軀底下發出，話語只有一開始清晰，但隨之而來的共鳴，吞毀了字詞清晰度，讓他人沒把握是否把話都聽對了。葛雷高本想詳細回答，把一切解釋清楚，但眼下只容得他說：「好，好的，謝謝媽，我要起床了。」隔著木門，房外應該察覺不到葛雷高聲音異樣。母親聽完他的解釋，安心地拖著腳步走開了。但簡短的對話引起其他家人注意，他們沒料到葛雷高竟仍然在家。於是，一扇邊門傳來父親敲門聲，輕輕的，不過用的是拳頭。父親叫道：「葛雷高，葛雷高，怎麼回事？」過了一會兒，他又催促著，聲音變得更為低沉：「葛雷高！葛雷高！」這時，另外一扇邊門，妹妹也憂心忡忡細聲問道：「葛雷高？你是否不舒服？需要什麼嗎？」葛雷高朝兩邊回答：「我快好了。」他力圖咬字清晰，字與字之間刻意停頓久一點，希望消除聲音中的異常。父親回去吃早餐，但妹妹仍舊低語：「葛雷高，開門啊，求求你。」葛雷高完全不想開門，暗自慶幸多年在外出差使然，養成了謹慎的習慣，即使在家，夜裡也一樣鎖門。

他想先安安靜靜起床，不受打擾穿好衣服，最要緊的是用完早餐後，再來思索下一步。他發現在床上總想不出什麼好結論，記得以前好幾次躺在床上，感覺到身體隱隱作痛，也許是睡姿不良引起，總之一下床，才發現純粹是想像力作祟。所以他殷切期待今日的幻象也會逐漸消退。他堅信，聲音異樣，不過是重感冒的前兆，是出差者的職業病。

要掀開被子易如反掌，只消稍微多吸點氣，撐大自己身體，自然就滑下來了。但接下來可難了，尤其他身軀出奇寬大，需要手臂和手掌幫助才能起身，眼前卻只有許多細腳，不停朝空中亂蹬，根本不聽使喚。他想屈起其中一隻，這腳卻偏偏第一個打得筆直，好不容易順自己的意彎曲了，其他腳卻如獲解脫，瘋了似的激烈躁動。「別光躺在床上，什麼事也不做。」葛雷高自言自語道。

他一開始想由下半身離開床，但是移動起來卻是特別困難。對了，他尚未見過這個下半身，不知是圓是扁。他挪動得十分緩慢，慢得簡直要發狂，最後乾脆一鼓作氣，豁出去往前一推。不料，他選錯了方向，重重撞到下方的床柱，椎心刺骨的疼痛使他明白，目前身上最敏感的位置可能正是下半身。

於是，他想辦法先讓上半身離開床鋪，又小心翼翼把頭轉向床緣。這倒也容易，儘管身軀又寬又重，終究仍隨著頭緩緩移動。不過，等到頭一伸出床外，懸在半空中，他不禁又心生恐懼，不敢前進了。最後要是照這姿勢掉下床，沒摔壞腦袋，簡直真是奇蹟了。而目前他無論如何都不可以昏迷，所以寧可躺在床上保險一些。

他又耗費同樣力氣躺回先前位置，嘆了口氣；又看見群腳交相纏鬥得更加厲害，而他無能為力肅靜亂舞的腳，使其井然有序；於是又告訴自己這樣躺下去行不通，哪怕只有一絲希望，也要不遺餘力離開床，才是最合理的做法。同時他也不忘提醒自己，三思後行好過魯莽行事。這時，他望向窗外，竭力定睛細看，無奈眼前晨霧茫茫，甚至遮蔽了窄巷的對面，令人提不起勁，感覺希望渺茫。「七點了。」鬧鐘再度響起，他又自言自語。「已經七點了，霧依然這麼濃。」他靜靜躺了好一會兒，呼吸淺弱，彷彿期待著這全然的寂靜，或許能使一切復歸於真實與自然的狀況。

不過，他又接著對自己說：「七點一刻鐘響前，我一定得完全離開床鋪。況且在此之前，公司可能也派了人來詢問狀況，畢竟七點不到就該上班了。」他開始規律地搖晃身軀，希望把自己拋出床外。採取這種方式下床，在落地時用力抬高頭，或許不致於傷到頭部。背部似乎十分堅硬，掉在地毯上應該不打緊。他最掛心的，還是落地時會發出的砰然巨響，即使沒有驚嚇到門外的家人，勢必也令他們憂心不已。但是，他仍舊得冒險一試。

這個新方法比較像是遊戲，而非什麼苦差事，只要一陣一陣來回晃動就行了。葛雷高眼看已把半個身子晃出床外，這時忽然靈光一閃：如果有人伸出援手，事情不就簡單多了嗎？只要兩個強壯的人便綽綽有餘。他想到了父親和女僕。他們只要把手臂塞進他圓拱狀的背部底下，從床上剷起，再彎身放下他這個重擔，接著謹慎在一旁靜心候著，等他在地上翻過身來就行了。但願到時候這些細腳能夠發揮作用。不過，姑且先不論房門目前全上了鎖，難道他真想向人求救嗎？即使處境棘手，他想到此，仍不由得莞爾一笑。

搖晃的力道更強勁了，幾乎快失去平衡。他得盡快做出最後的決定，再過五分就七點一刻了。就在此時，門鈴響起。「公司的人來了。」他說著，身軀隨之僵住，細腳卻舞動得更加急促。四下一片闃寂無聲。「沒人會開門。」葛雷高說，心懷不切實際的期待。但是，隨即當然一如既往，傳來女僕走向大門的扎實腳步聲，打開了門。葛雷高一聽見訪客的問候聲，立刻知道對方是誰。竟是經理親自上門來了。為什麼葛雷高偏偏注定得在這樣的公司做事？只要稍有差池，即招來莫大的嫌疑。難道雇員個個是無賴嗎？這當中真沒有半個忠貞不二，只因上午有幾個小時沒為公司效命，就被良心折磨得瘋瘋癲癲，而真的下不了床？真有必要探詢他的狀況，派個學徒來不就成了嗎？非得經理親自出馬？非得藉此向他無辜的家人表示，出現這種問題，只能仰賴他的智慧才有法子調查？葛雷高竭盡全力使勁一晃，把自己拋出了床外。並非他審慎下定決心後採取了行動，而是思及那些念頭，情緒激動莫名所致。落地時，確實砰了一聲，並非轟然巨響。地毯稍微緩衝了墜落的力道，背部也比葛雷高想像得還有彈性，所以只發出一聲悶響，並未驚擾到人。只是他的頭抬得不夠謹慎，仍舊撞到了。他又氣又痛，轉過頭，在地毯上又蹭又揉。

「房裡有東西掉了。」左邊房間傳來經理的聲音。葛雷高幻想著，今日發生在自己身上的事情，有朝一日是否也讓經理給遇上？不可否認這個可能性。經理在隔房踱了幾步，腳步明確堅決，擦得晶亮的長靴嘎吱作響，彷彿粗略回答了他腦中的幻想。右邊房間，妹妹正低聲通知葛雷高：「葛雷高，經理來了。」「我知道。」葛雷高說。不過，他不敢提高音量讓妹妹聽見。

左邊房間裡，父親說話了：「葛雷高，經理來了，他想了解你為什麼沒搭上早班車。我們不知道該怎麼對他說。此外，他也想當面和你談談。所以請把門打開吧。你的房間凌亂不整，他也不會見怪的。」「早安，薩姆沙先生。」這時，經理親切地喊道。父親仍隔著門說話，母親向經理說道：「經理先生，他人不舒服，請相信我。否則葛雷高怎會錯過火車呢！這孩子滿腦子就只有公司的事，晚上從不出門，我見了都要發火了呀。他這個星期沒出差，晚上依舊沒出門，和我們在一起，坐在桌旁靜靜看報紙，或者研究火車時刻表。動手拿線鋸做些精緻的木工，就是他的消遣了。比如他花了兩、三個晚上雕刻了一個小木框，等葛雷高打開房門，您就能看見。我很開心您到家裡來，經理先生。我們沒辦法說服葛雷高開門，他太固執了。雖然他早上嘴硬說沒事，但他一定是不舒服了。」「我馬上就來。」葛雷高慢條斯理說，卻動也不敢動，生怕漏聽了一字一句。經理說：「薩姆沙夫人，我也想不出其他解釋了，希望沒有什麼大礙。話說回來，幸或不幸，這見仁見智，但我們生意人為了業務，經常不得不忍耐這種小病小痛呀。」「經理先生到底能否進你房間了？」父親不耐煩問道，又敲起門來。「不行。」葛雷高說。左邊房間驀地一陣難堪的靜默，右邊房間這時卻傳來妹妹的啜泣聲。

妹妹為什麼沒和其他人在一起呢？她可能也剛起床，甚至還沒更衣吧。那麼，她為什麼哭泣？因為他沒有起床讓經理進來；因為他可能丟掉飯碗；因為老闆接著會向父母追討陳年舊債？這些不過是無謂的操心罷了。葛雷高人還在這裡，絲毫不曾想過棄家人於不顧。他眼下躺在地毯上，知道他境況的人，絕不會硬是要求他讓經理進來。雖然他有點失禮，但日後很容易找個恰當的藉口搪塞過去，絕不會因此馬上被辭退。葛雷高覺得與其又是哭泣又是勸說，擾得他不得安寧，倒不如讓他清靜一會兒還理智些。不過，正因為門外的人毫不知情，難免有此舉動，所以情有可原。

「薩姆沙先生，」經理提高了音量，「究竟怎麼回事？您把自己鎖在房裡，只回答『是』或『不是』，讓您的父母平白無故憂心不安，況且還怠忽職守——我不過是順口一提的——十分離譜。我代表您的雙親與老闆，鄭重請您立刻給出一個明確的解釋。我真是太驚訝、太訝異了！我一直認為您是個沉穩明理的人，沒想到現在卻忽然耍起脾氣來了。關於您曠職的可能理由，老闆今日還暗示我——與最近託付您收取的帳款有關——但說實話，我幾乎要以名譽擔保，指出他的理由毫不恰當。可是，現在我看見您執拗得不可理喻，已完全不想再袒護您了。您的職位岌岌可危。這些話我原本打算私下告訴您，既然您白白浪費我的時間，我不知道有何理由需要顧慮您的雙親了。近來，您的工作表現不盡理想。我們承認，目前不是做生意的旺季，但是一季完全做不成一筆生意也不行啊，薩姆沙先生，這是不允許的。」

「經理先生啊，」葛雷高激動得忘了一切，失態喊道，「我現在立刻開門。我只是不太舒服，頭有點兒暈，無法起床罷了，現在還躺在床上呢。不過，我已經覺得神清氣爽了，正要下床，請再耐心等會兒！事情沒我以為得順利，不過我真的好多了。人怎麼會忽然就生病了呢！昨天我還好好的呢，您可以問我父母。不，應該說昨晚我就有些微的預感，旁人一定看得出我不太對勁了。至於我為什麼沒通知公司一聲!?因為我們人總以為能克服輕微不適，無需請假在家休息啊。經理先生！請別為難我的父母吧！您剛才的指責無憑無據，沒人對我提過隻字片語。您或許尚未看見我最近送出的訂單吧？除此之外，我還可以趕上八點的車。休息幾個小時後，我又覺得生龍活虎了。經理先生，不耽擱您了。我馬上就到公司去，請您好心轉告一聲，並在老闆面前多替我美言幾句吧！」

葛雷高說得又急又快，不清楚自己在說什麼。不過，或許有鑑於剛才在床上的練習，他已能輕易爬近櫃子，現正想靠著櫃子撐起身子。他真的想開門，真的想出去和經理談談。他迫不及待想知道這些堅持他得現身的人，一看見他的模樣，會說些什麼？他們若受到驚嚇，葛雷高就沒責任了，可圖得清靜；若是他們靜靜接受一切，他也沒理由激動不安，動作快一點，還真能趕到車站搭八點的車。他從光滑的櫃子上滑下來好幾次，最後一個用力晃動，終於站了起來。下半身雖然灼熱疼痛，但他沒再多留意。接著，他靠向旁邊一張椅子的椅背，細小的腳緊緊抓著椅緣，藉此終於控制住自己。他默不作聲，因為聽見經理在說話。

「你們聽懂半個字了嗎？」經理問雙親，「他該不會在愚弄我們吧？」母親哭喊道：「天吶，他或許病得不輕，我們卻還在折磨他。葛蕾特！葛蕾特！」「什麼事，母親？」妹妹從另外一邊喊道，兩人隔著葛雷高的房間溝通。「妳立刻請醫生過來，葛雷高生病了。快去請醫生呀！妳沒聽見葛雷高說話聲嗎？」「那是動物的聲音。」經理說。與母親的叫嚷相比，他的嗓音顯得格外輕柔。這時，父親隔著前廳朝廚房邊拍手邊嚷道：「安娜！安娜！馬上找個鎖匠來！」只聽兩個女孩跑過前廳，裙襬窸窣作響——妹妹這麼快就換好衣服了？——接著大門猛然一開，但完全沒聽見關門聲。他們大概任由門敞開著，就像家中發生不幸的人常做的一樣。

不過，葛雷高倒是冷靜多了。雖然沒人聽懂他的話，但他自己倒是聽得很清楚，甚至比之前還清楚，或許是耳朵習慣了。現在別人至少相信他確實不太對勁，準備伸出援手幫他了。他們進行這些初步處置所展現的信心與沉著，使他感到十分欣慰，覺得又被納入了人類的圈子裡。他期待醫師與鎖匠能取得了不起的驚人成就，雖然他分不太清楚兩者的區別。他咳嗽幾聲，清清嗓子，想盡可能讓聲音清晰，迎接即將到來的重要談話。不過，他也刻意壓低音量，怕咳嗽聲聽起來不像人，畢竟他自己已不太敢做任何判斷。隔壁房間這時一片死寂，也許父母與經理坐在桌邊竊竊私語，或者一夥人正靠在門上側耳偷聽他的動靜。

葛雷高抓著椅緣，慢慢推著椅子前進，一走到門邊，立刻放開手撲向門。細腳的掌底有些黏性，使他得以靠在上面直立著。費了一番功夫後，他先歇息了一會兒。接著，他打算用嘴轉動插在鎖孔裡的鑰匙。可惜他沒有真正的牙齒。沒有牙齒，他該怎麼咬著鑰匙？所幸口部倒是非常結實，他借助上下顎，總算轉動了鑰匙。不過，他一定不小心弄傷了自己，因為一股棕色液體從嘴裡流出來，沿著鑰匙，滴到地上。「你們聽，他在轉動鑰匙了。」隔壁的經理說。這對葛雷高無疑是莫大的鼓勵。他們應該為他打氣，父親和母親也一樣。他們該要喊道：「加油，葛雷高！再來，繼續把鎖打開！」他想像眾人正緊張兮兮密切盯著他的努力，於是使盡全力，拚命咬住鑰匙。隨著鑰匙旋轉，他的身體也跟著繞動，僅憑著嘴巴直起身子；他一下子掛在鑰匙上，一下子又用盡全身力量把鑰匙往下壓，依情況所需而定。終於，門鎖響亮喀噠一聲扭開了，葛雷高恍如大夢初醒。他舒了口氣，自言自語道：「用不著鎖匠了。」接著把頭靠在門把上，想把門整個拉開。

他用這個姿勢拉開門，雖然門已經大開，別人卻還看不見他。他得先慢慢繞過門扉，還得十分小心，免得出去前就笨手笨腳跌個肚皮朝天。他正費勁挪動著，無暇留心周圍，忽聽經理「喔唷！」一聲驚呼，猶如狂風呼嘯而過。葛雷高這時也看見了經理，他站得離門最近，一隻手摀著大張的嘴，正一步步緩緩後退，彷彿有股無形的力量不斷驅趕著他。而母親，即使經理在場，仍舊披頭散髮，橫七豎八。她先是雙手合十注視著父親，而後朝葛雷高走近兩步，最後跌坐地上，裙子在她周圍散開成一圈，接著把臉整個深深埋在胸前。父親表情兇狠，懷有敵意，拳頭緊握，好似要將葛雷高打回房間。他環顧客廳，接著雙手蒙著眼，放聲哭泣，寬闊的胸膛上下起伏著。

葛雷高沒有走進隔壁房間，只是從裡靠著另一扇拴住的門扉，露出半個身子，歪著頭，窺看其他的人。天色明亮多了，對街那棟無窮無盡的灰黑色建築，有部分清晰可見。那是間醫院，建築物正面硬生生開了幾排制式的窗戶。雨尚未停歇，但只有粒粒分明的雨珠，一滴滴打落地面。早餐各式各樣杯碟擺滿一桌。父親認為早餐是一日最重要的一餐，他一邊用餐，一邊翻閱多份報紙，總要花上好幾個鐘頭。正對面牆上，掛著葛雷高一幅少尉軍戎照，手按佩劍，笑容無憂無慮，彷彿要人尊重他那一身風範與制服。前廳的門開著，大門也一樣敞開，看得見公寓前的樓道與往下樓梯的前幾階。

「好，」葛雷高說，心裡明白自己是唯一還算冷靜的人。「我馬上換好衣服，打包好樣品就上路。你們還要我……還允許我出門嗎？經理先生，您要知道，我並非冥頑不靈，而且是樂在工作。出差確實舟車勞頓，但是不出門我就無以為生。經理先生，您要上哪兒去？回公司，是嗎？您會一五一十呈報嗎？人總有暫時無法工作的時候，但這也正是回顧他之前績效的良好時機，況且還要考慮到，等他未來克服障礙後，絕對會更加勤勞、更加用心的。我欠老闆許多錢，您也十分清楚。況且，我還要養家活口，照顧父母與妹妹。我目前處境艱困，但總會撥雲見日的。請您別再為難我，讓事情變得更棘手了。請幫我多多美言！大家都不喜歡常出差的業務代表，我也知道，以為他們全都日進斗金，生活逍遙闊綽。這是種偏見，卻也沒有理由讓他人想得更透澈點。但是，經理先生，您比其他同仁更能掌握全局，甚至比老闆還要周延，這話私下說。他身為雇主，很容易因為判斷糊塗，造成雇員損害。您也了解，業務代表幾乎一年到頭不在公司，輕而易舉就成為流言蜚語、陰錯陽差、不實指控的犧牲者，而他多半一無所知，所以根本無從反駁。等到風塵僕僕出差回來，可怕的後果莫名臨頭，原因卻完全無從追究了。經理先生，請您別隻字不說就離開呀，至少讓我知道您多少同意我說的話啊！」

但是經理早在一聽見葛雷高開口，即已渾身哆嗦轉過身去，只是又噘著嘴回頭望向他。葛雷高講話時，他一秒也靜不住，眼睛直直盯著葛雷高，腳下卻緩緩踱向門口，慢得宛如有道不准離開房間的神祕禁令阻止了他。他退到前廳時，忽然一個動作，倏地抽回踩在客廳的最後一腳，活像腳掌底給燙著了似的。他一入前廳，右手即直直伸向樓梯，彷彿有個超越世俗的真實救贖等在那兒。

葛雷高深知，若想保住公司裡的職位，勢必不能讓經理在這種情緒下離開。雙親不太清楚內情，長年來，他們始終相信葛雷高將在這家公司終老一生；況且眼下他們要擔憂的事情不少，根本無暇顧及未來。但是，葛雷高有先見之明。他必須攔下經理，安撫他，說服他，爭取他成為同盟。葛雷高的前途和家人的未來全繫於此了！要是妹妹在場就好了！她聰明伶俐，之前葛雷高還躺在床上，她便已哭了起來。經理這個風流鬼，一定無法抵擋她的魅力。她會關上大門，在前聽安撫他別驚慌。可是偏偏妹妹不在，葛雷高得自己來了。他沒有考慮到目前尚不清楚自己的行動能力，也沒想過別人也許——肯定是——聽不懂他的話，就放開了門扉。他擠過開口，打算走向正用兩隻手可笑攀著樓道欄杆的經理，卻沒想到身體立刻往下撲。他驚呼一聲，想要抓東西穩住身子，接著腳就全著了地。一著地，今早這才第一次感覺到身體十分舒服，小腳穩穩踩在堅實的地面，完全聽從使喚。他喜出望外，甚至還發現小腳能送他到任何想去的地方，感覺終於要苦盡甘來了。可是，當他搖搖晃晃小心翼翼爬在地板上，與母親距離近得可說就在正對面時，原本呆然的母親卻霍然彈起，兩臂伸直，十指大張，喊道：「救命啊，看在上帝的份上，救命啊！」她歪著頭，似乎想把葛雷高看得更清楚些，卻又不知不覺矛盾地往後退，忘了身後就是擺滿杯盤的桌子，失魂落魄撞上去後，忙不迭地一屁股坐了下去，完全沒注意旁邊的大壺打翻，咖啡正汩汩流到地毯上。

「母親，母親。」葛雷高輕聲喊道，抬起頭望向她，經理這時已被他拋到腦後。但一見到汩汩流出的咖啡，他忍不住咂咂嘴好幾次。母親見狀，頓時又放聲尖叫，嚇得奔離桌子，倒在迎面趕來的父親懷裡。不過，葛雷高眼下無暇顧及父母，經理已經踩下樓梯，下巴正靠在欄杆上，回頭望最後一眼。葛雷高身子一動，想盡量趕上他。經理想必察覺到什麼，只見他三步併兩步跳下階梯，一溜煙兒不見人影；但是他的「啊啊！」叫聲，仍迴盪在整個樓梯間。可惜經理這一逃跑，似乎把相對鎮定的父親也弄糊塗了，他非但沒去追攔經理，至少別擋著葛雷高追上去，右手反而抓起經理連同帽子和大衣一起放在椅子上的手杖，左手拿起桌上一大份報紙，一邊跺腳，一邊揮舞手杖與報紙，想把葛雷高趕回房間。葛雷高再怎麼苦苦哀求也沒用，也沒人聽得懂他的懇求。他越是謙卑轉過頭，父親的腳跺得越重。一旁的母親顧不得天氣冷冽，猛然打開窗，大大探出身子，把臉埋在雙手之間。巷弄和樓梯間竄起了一陣強烈的穿堂風，窗簾忽地颯颯飛揚，桌子上報紙啪啪地響，有幾張吹落到地板上。父親無情地驅趕著他，嘴裡噓噓作聲，猶如野蠻人似的。葛雷高從未練習過怎麼後退走，所以走得十分緩慢，要是可以轉過身，立刻就能回到房間了。但是他害怕轉身的動作耗時太久，讓父親失去耐性，手杖隨時朝他頭上或背部揮下致命一擊。葛雷高最後驚慌發現，倒退走沒辦法掌握方向，所以別無他法，只能開始掉頭。他一邊恐懼不安側著眼偷覷父親，一邊盡快要轉過身，實際上動作卻是緩慢得可以。父親或許察覺了他的善意，沒有在一旁干擾他，甚至遠遠拿手杖指揮他怎麼轉身。父親如果能不再發出令人無法忍受的噓聲就好了！葛雷高聽得心慌意亂。差不多要轉好身時，卻因為噓聲盈耳，反而過了頭。幸好，最後總算對準房門口，卻又發現身體偏偏寬得無法順利穿越。父親目前心緒混亂，一心想盡快把葛雷高趕回房間，自然遠遠沒想到該打開另外一扇門扉，讓他有足夠的通道，更不可能允許他大費周章讓自己直起身，甚至就這樣穿越門進房。他無視葛雷高的困難，變本加厲噓趕，聲音都變了，彷彿葛雷高身後那個人不再單純只是一個父親。現在真的可不是鬧著玩了。葛雷高不顧死活，拚命擠過門，身體一側抬了起來，斜靠在門口，一邊側腹嚴重磨傷，在白色門上留下一道醜陋的汙漬。沒多久，他就卡得無法動彈，單憑一己之力動也動不了，一側的小腳懸在空中顫抖，另一側痛苦地壓在地上。這時，父親從後面使勁一推，說實話，反而使他解脫了。葛雷高飛入房內，血流如注。房門也遭手杖一擊，砰地關上。四周終於靜了下來。

二

II

暮色蒼茫，葛雷高才從沉沉的昏睡中醒來。即使無人打擾，晚一點也會自然甦醒，因為他已充分休息，睡飽了。不過，他似乎被一陣匆忙的腳步聲和小心翼翼鎖上通往前廳門的聲音吵醒。路燈的光，蒼白地散落在房間天花板和家具上半部，然而葛雷高所在的下方，卻是一片幽暗。他緩緩爬向門口，用才剛懂得珍惜的觸角笨拙地探索著，想看看那兒發生了什麼事。他的左側似乎有道長長的傷疤不舒服地繃著，兩排腳不得不一瘸一拐地走。其中有隻腳在上午的變故中受了重傷，死氣沉沉拖在後面。話說回來，只傷了一隻腳，簡直是個奇蹟。

走到門旁，這才發現真正吸引他過來的是什麼，是食物的香氣，一盆浮著切丁白麵包的甜奶就放在門邊。他開心得差點笑出來，因為肚子比早上更餓了。他迫不及待把頭浸入牛奶裡，差點還淹沒了眼睛，可是沒多久便失望地縮回頭。除了脆弱的左側腹造成進食不便，他還得全身使力才吃得到食物，因而氣喘吁吁。他平日最愛喝甜奶，想必妹妹正是因此才把盆放在這裡，但現在也覺得索然無味了。他甚至噁心地從盆前別過頭，轉身爬回房間深處。

葛雷高透過門縫看見煤氣爐點燃了，平常這時候，父親總會提高音量朗讀下午出刊的報紙給母親聽，有時候也給妹妹聽，現在卻沒有絲毫聲響。妹妹以前經常告訴他、寫給他的朗讀習慣，最近或許根本沒了吧。四下雖然靜謐無聲，但是屋內並非空無一人。「我的家人日子過得真安靜啊。」葛雷高說，凝視著眼前一片黑漆，心中油然升起一股驕傲，自己竟能供給父母與妹妹住在這麼雅致的房子裡，過著像樣的生活。但是，如果這一切寧靜、富裕與滿足忽然可怕地結束，會怎麼辦？葛雷高不願陷在這類念頭裡，寧可動動身體，於是在房間裡爬上爬下。

漫長的傍晚，一道邊門有次開了一小縫，而後倏地關上，另一道邊門也發生過一次同樣的情形，似乎有人想進來，卻又躊躇不決。葛雷高乾脆等在通往客廳的門邊，決定想辦法讓那個人進來，或者至少知道對方是誰。但是，門再也沒打開過，葛雷高白等了一場。早先房門全鎖著，人人都想進來找他；後來他自己開啟了一扇門，其他的門白天時顯然也開了鎖，現在卻沒人過來，而鑰匙也插在門外的鎖孔裡了。

深夜，客廳的燈光終於熄了，可想而知，父母和妹妹一直醒著，因為可清楚聽出他們現在全都躡手躡腳離開。明晨之前，肯定沒人會來看葛雷高。無人打擾，他有充裕的時間好好思考該如何重新安排生活。不過，匍匐在這個被趕進來的高大空曠房間裡，即便在房裡已經住了五年，卻沒來由心生莫名的恐懼。他不自覺羞愧地急急鑽進沙發底下，雖然背部有點壓到，也沒辦法抬起頭，卻感覺舒適自在。只可惜他的身軀太寬，無法完全藏進沙發底下。

他在沙發底下度過一整夜。夜裡因肚子餓得發慌而不時驚起，睡睡醒醒；另一方面也憂心忡忡，同時又懷抱著渺茫的希望。左思右想後，結論總不外乎得暫且冷靜行事，耐心體諒家人，使他們能夠忍受他目前身不由己造成的諸多不便。

拂曉時分，餘夜未盡，天色仍舊暗沉沉，葛雷高就有機會測試方才下定的決心是否堅定。差不多穿戴整齊的妹妹，打開了他通往前廳的房門，緊張地往內張望。她沒有馬上看見他，但一發現他躲在沙發底下——唉呀，他又飛不走，一定就在某個地方呀——嚇了好大一驚，本能又立刻摔上門。但她似乎後悔方才的舉動，馬上又開了門，輕手輕腳走進房裡，彷彿裡頭住著重病患者或陌生人。葛雷高把頭伸到沙發邊緣，打量著她。她是否注意到他沒喝牛奶，卻不是因為不餓？有沒有拿來更合他胃口的食物呢？即使他有股莫大的衝動，恨不得衝出沙發底下，撲到妹妹腳邊，求她拿點好吃的食物來。但如果她沒發現，他寧可餓死，也不願意提醒她。不過，妹妹馬上驚訝發現盆裡還是滿的，只在四周灑出了一點牛奶。她立刻端起盆子，但不是光著手拿，而是墊著一塊抹布。葛雷高極度好奇妹妹會換什麼拿來，他浮想聯翩，卻怎麼樣也猜不到善良的妹妹實際會怎麼做。結果她拿來形形色色的食物，全攤放在報紙上，想藉此了解他的口味。有半腐爛的蔬菜、前晚剩下的骨頭、還沾著已結塊的白醬、幾顆葡萄乾和杏仁、兩天前葛雷高還說難以下嚥的乳酪、一片乾麵包，還有一片塗上奶油的鹹麵包。此外，她還放下倒了水的盆子，想必盆子從此就是他所專用的了。她思慮體貼周到，明白葛雷高不會在自己面前進食，於是趕緊退了出去，甚至還鎖上門，讓葛雷高了解他可隨心所欲、舒服地吃飯。葛雷高的小腳咻地奔向食物，左側的傷口應該是完全癒合了，因為他不再感覺到什麼不便。他十分驚訝，想起一個月前刀子稍微割傷了手指，前天都還覺得傷口疼呢。「我的感覺變得遲鈍了嗎？」他心想，一邊貪婪地嘬吮著乳酪。所有食物裡，乳酪立刻強烈吸引了他。他眼裡噙著滿足的淚水，狼吞虎嚥掃光乳酪、蔬菜與醬汁，新鮮食物反而引不起他食欲，他甚至受不了那些味道，而把想吃的食物拖到遠一點的地方去。他早早吃完了東西，正懶懶地躺在原地，這時，妹妹緩緩轉動鑰匙，似乎提醒他該迴避一下。他快要打起盹來，立刻嚇醒，急忙又鑽到沙發底下。雖然妹妹留在房裡的時間不長，但是擠在沙發底下仍舊耗費他很大的自制力，因為飽餐一頓後，他身體變得有點腫，狹窄的空間讓他幾乎喘不過氣來，眼睛也因快要窒息而有點鼓起。他就這樣望著毫不知情的妹妹，拿著掃帚清掃殘餚剩菜，甚至連沒碰過的食物也掃成一堆，彷彿那些已不再需要了。接著妹妹把所有東西迅速倒進桶子，封上木蓋就要提走。她才一轉身，葛雷高立刻從沙發底下爬出來，舒展身體。

清晨父母和女僕仍在睡夢中時，葛雷高吃到了第一餐；中午大家用過午飯，父母又小寐一番，妹妹差遣女僕去做其他事情時，他得到了第二餐。他就這樣每天有了飯吃。父母當然不會存心讓葛雷高挨餓，但他們只能聽妹妹轉述，了解再多恐怕會受不了。妹妹或許也想盡量避免父母擔憂，畢竟他們心裡已經夠苦了。

那天上午，他們拿什麼藉口請走了醫師和鎖匠，葛雷高毫不知情。由於他說的話沒人理解，所以也沒人認為他聽得懂人話，包括妹妹在內。因此妹妹進房時，他也只能滿足於聽見她偶爾的嘆息或向聖人祈禱。等她後來稍微習慣了——要完全習慣當然不可能——葛雷高有時才能聽見一兩句好話，或者可理解為善意的評論。葛雷高若是狠狠掃光食物，她會說：「今天的菜很合他胃口。」情況若是相反，她則略微哀傷地說：「他又什麼都沒動了。」而這種情形越來越頻繁了。

葛雷高無法直接獲知任何消息，不過總能從隔壁房間聽到一些，所以一聽到聲音，立刻跑到那扇門後，全身貼在門上。頭幾天，話題尤其全繞著他打轉，即使是竊竊私語也一樣。整整兩天，總聽見他們用餐時商量該怎麼辦，非用餐時間其實也談論著同樣的話題。家裡隨時至少有兩個人，沒人願意獨自留在家裡，但也沒辦法全都離開屋子。不清楚廚娘對整件事有何了解，又有多深入，但第一天她便向母親下跪，苦苦懇求立刻把她解雇。一刻鐘後，她淚眼婆娑告別離開，那種感激涕零的樣子，彷彿獲得天大恩賜似的；也沒人逼她，自己即發下重誓，絕不會向任何人透露一絲口風。

妹妹現在得幫著母親下廚了，這事也不怎麼麻煩，畢竟大家幾乎沒什麼胃口。葛雷高時時聽見一人白費力氣勸另一個人多吃點，但得到的回答不外是：「謝謝，我夠了。」諸如此類。酒似乎也不太喝了。

妹妹時不時詢問父親是否喝點啤酒，熱心自告奮勇去買，然而父親不吭聲；她怕他有所顧慮，又說派女門房走一趟，但在父親最後斷然說「不用」後，也就沒人再提了。

第一天，父親不僅向母親說明家裡的財務狀況與前景，也讓妹妹了解。他好幾次起身，離開桌旁，從五年前公司破產時救回的小保險箱裡，拿出文件或某本訂貨簿。聽得見他開啟保險箱上複雜的鎖，找到他要的資料後，又重新鎖上。打從葛雷高禁錮以來，父親的說明是他第一個聽到的好消息。他本以為父親生意失敗後，沒留下一絲一毫，至少父親未曾否定；當然，他也沒有直接詢問就是。當年葛雷高心心念念只想盡其所能，讓陷入絕望的家人盡快忘記破產的不幸。他廢寢忘食投入工作，可說一夜之間從一介伙計成了業務代理，其他賺錢機會自然而然增加。工作上的成功即刻化成佣金現鈔，當著家人的面攤在桌上，看得他們又驚又喜。即使葛雷高後來收入豐厚，足以維持全家生計，而他也確實負擔了家中開銷，但之後再也沒出現過如此美好的時光了，至少往日的輝煌不再。家人心懷感激接受他的錢，葛雷高也樂於付出，雙方逐漸習以為常，只不過彼此間不再存在著一種特別溫馨的感受。只有妹妹仍舊與他親近。妹妹與他不同，喜愛音樂，拉得一手悠揚動人的小提琴。葛雷高暗中計畫來年送她進音樂學院，暫不去考慮昂貴的學費，他會想辦法另行籌措的。他停留在家的短暫時間，經常與妹妹聊起音樂學院，不過總是當成一場無法奢望實現的美夢，而父母也不樂意聽見這類天真的談話。然而，葛雷高心意已堅，打算聖誕夜鄭重宣布此事。

他立起身體，貼著門側耳傾聽，腦子裡浮現了這些念頭；但是以他目前的狀況，那不過都是些無謂的空想。有時候，他因為太疲累，沒辦法凝神細聽，一不留心，頭就敲到了門上。他總是倏地抬起頭，因為即使只發出細微的聲音，隔壁也聽得見，談話頓時中斷，鴉雀無聲。「他又在做什麼了？」片刻之後，傳來父親的聲音，顯然是臉朝著他的房門說的。約莫過了一會兒，中斷的談話才又漸漸恢復。

由於父親很長一段時間不管事，日久生疏，加上母親沒辦法一下子聽懂所有事，所以父親不得不一遍又一遍反覆說明。葛雷高因此知道，即使家中以前遭逢種種不幸，仍舊積攢了一筆錢，由於從未動用到利息，金額稍微增加了。另外，葛雷高每個月給的家用——他自己只留點零用錢——也沒有花光，如今也累積成一小筆數目。葛雷高在門後不住點頭，因為父親意料之外的謹慎與節儉而開心不已。他本來可以拿這多出來的錢，再還掉一些父親欠老闆的款項，大大縮減他擺脫這工作的日子。不過，父親目前的處置無疑更為妥當。

但光靠這筆錢的利息，完全無法養活家人，維持個一年、頂多兩年，或許還不成問題，再久就不行了。這筆錢根本不能動用，必須存著以備不時之需，生活費得設法再賺。不過，父親雖然依舊健壯，卻垂垂老矣，且五年不曾工作，恐怕不太能指望他。他一生勞勞碌碌卻無所獲，這五年還是首次得以休息，所以也增肥不少，行動都遲緩了。年邁的母親患有氣喘，光在家裡走動已十分勞累，每隔一天就呼吸困難，必須打開窗戶躺在椅子上，難道要她去掙錢？十七歲的妹妹還只是個孩子，應該一如往常享受生活，打扮得端莊漂亮，睡到日上三竿，幫忙做點家務，參加些不花錢的娛樂活動，何況她還要拉小提琴，難道要逼她去工作？只要談到賺錢養家的問題，葛雷高總會離開房門，撲倒在門旁涼爽的皮沙發上，因為羞愧、哀傷而憂心如焚。

他經常趴在沙發上度過漫漫長夜，卻不曾闔眼，好幾個小時在皮革上抓來刮去，或者不嫌麻煩，使勁把一張扶手椅推到窗邊，然後爬上窗台，撐著椅子，靠向窗戶。但他顯然只是在回憶以前眺望窗外時那種自由解放，因為他的視力一天比一天模糊，即使距離不遠的東西也一樣看不清楚。對街那棟老是映入眼簾的醫院，他以前一看就咒罵，現在根本看不到了。若非他清楚知道自己住在市區鬧中取靜的夏洛特街，或許會誤以為窗外是一處荒野，灰色的天與灰色的地交融成一片，無所分別。細心的妹妹只看過扶手椅放在窗邊兩次，但現在一打掃完房間，就會自動又將椅子推回窗邊，甚至還把裡面那片窗扇開著。

葛雷高要是能和妹妹說上話，感謝她不得不為他所做的一切，應該較能忍受她的服侍；但事實不然，所以他心裡很苦。不可否認，妹妹當然會盡力淡化整件事帶來的尷尬與痛苦，隨著時間過去，她確實也逐漸駕輕就熟。但是，葛雷高對一切也看得更加透澈了。她光是進房間，便已讓他備受驚嚇。她平時總特別留意不讓人看見葛雷高的房間，但只要一進房，即直衝窗邊，彷彿要窒息似的，兩手急急切切打開窗戶，顧不得關上房門，即使天氣嚴寒依舊，也要站在窗邊大口呼吸。葛雷高一天要被這樣的奔跑與噪音驚嚇兩次，每次只能躲在沙發底下瑟瑟發抖。他心裡明白，妹妹要是能忍受和他一起待在窗戶緊閉的房間裡，絕不會這樣折磨他。

葛雷高蛻變成蟲已經一個月了，妹妹照理對他的外表應該見怪不怪。有次，她比平常更早進來，正好撞見葛雷高文風不動，直挺挺眺望著窗外，模樣相當駭人。她若不進房，葛雷高也不覺得意外，畢竟他擋住了她開窗的位置；沒想到她非但沒進來，甚至立刻退了回去，關上房門。外人看了，要以為葛雷高故意等在那兒要咬她呢。葛雷高當然一溜煙兒即藏身沙發底下，不過妹妹到了中午才又出現，神色比平時更加揣揣不安。他因此明白，妹妹仍然受不了看見他，日後也是一樣。而且她得耗費多大的自制力，才不會因為瞧見他露出沙發底下的一小截身體，就倉皇跑開？為了不讓她看見，有天，他花了四個鐘頭，將床單馱在背上，拖到沙發上披好，把自己遮得嚴嚴實實，即使妹妹蹲下來也看不見他。妹妹如果覺得床單不必要，自然可再移開，畢竟把自己完全蒙住，葛雷高也不覺得開心。但是她卻讓床單原封不動蓋著。葛雷高小心翼翼用頭把床單頂高一點，想看看妹妹對這新的安排有何反應，捕捉到的，卻似乎是她眼中一絲感激的目光。

前十四天，父母始終沒勇氣進房看他。他不時聽見父母對妹妹目前的表現大加誇獎，但其實他們以前老是氣她是個沒什麼用的女孩。妹妹打掃葛雷高房間時，兩老經常等在他房前，等她一出來，即纏著她問房裡的狀況，葛雷高吃了什麼？他這次表現如何，有沒有好一點？實際上，母親沒多久就想去看葛雷高，卻遭父親和妹妹拿各種理由勸阻，葛雷高總側耳諦聽，而且深表贊同。但後來，勸阻無效，不得不強行把她給拉住。她只要喊道：「讓我去看看葛雷高，我可憐的兒子！你們難道不明白我得去看看他呀？」葛雷高心裡總會想，讓母親進房來也好，當然不必每天，大概就一星期一次，畢竟她比妹妹懂得多。妹妹固然勇氣十足，終究只是個孩子，也許單純是因為年幼魯莽，才接下這沉重的任務罷了。

葛雷高想見母親一面的願望很快就實現了。白天，葛雷高因為顧慮父母，所以不想再攀在窗邊，但在不過幾平方公尺的地板上也爬不了幾步，而夜裡躺著不動實在令他難受，食物沒多久也引不起他的興致。於是，他養成在牆壁和天花板爬來爬去的興趣，給自己解解悶。他尤其喜歡掛在天花板上，與趴在地板上感受截然不同，呼吸更加順暢，還有一股輕顫掠過全身。偶爾，他在上頭飄飄然沉浸於喜悅裡，竟出乎意料腳一鬆掉了下來，啪地摔在地上。不過他現在比之前更能掌控身體，摔得這麼重，也沒有受傷。妹妹馬上就發現了葛雷高發明的新娛樂，因為凡是他爬過之處，都會留下黏液的痕跡，於是打算為他創造更大的空間，把礙事的家具，尤其是櫃子和書桌給搬出去。可是她一個人無法獨力完成，又不敢找父親幫忙，而約莫十六歲的女僕打從廚娘離職後雖然撐了下來，卻要求允許她隨時把廚門房鎖上，只有特別呼喚時才打開門，這樣的她更不可能伸出援手。妹妹別無他法，只能趁一次父親不在時找母親來了。母親開心得大叫，但一走到葛雷高房門前，隨即默不作聲。妹妹自然先查看房內是否妥妥當當，才請母親進門。葛雷高連忙把床單拉得更低，弄得更皺，讓整體看起來猶如床單隨意扔在沙發上似的。葛雷高這次放棄看母親一眼，不打算從床單底下偷看了。她現在人要來了，他便十分開心。「進來吧，看不見他了。」妹妹說，她顯然是攙著母親走進來的。葛雷高聽見兩個柔弱的女子正將十分沉重的舊櫃子挪離原來位置，妹妹攬下大部分重擔，無視母親勸她小心別累壞身子。兩人耗了很久，起碼搬了一刻鐘。母親說還是別搬了，一來櫃子太重，父親回家前一定搬不走，且擱在房中央，也會擋住葛雷高去路；二來，不確定把家具全搬走，是否合乎葛雷高心意？而她認為其實不然。她一看光禿禿的牆面，心裡頭就悶，何況是早習慣房內家具的葛雷高呢？在空蕩蕩的房間裡，他一定覺得自己被拋棄了。「那麼，豈不表示，」母親幾近耳語下了結論，她相信目前不知道藏在何處的葛雷高聽不懂她說的話，但連聲音彷彿也不願意讓他聽見。「豈不表示，我們對他的好轉不抱一絲希望，狠心任由他自生自滅，所以才搬走家具嗎？我想最好還是讓房間保持原樣，等葛雷高回到我們身邊，發現一切沒變，也容易忘掉這段時間發生的事。」

聽見母親這番話，葛雷高發現兩個月不曾與人交談，加上家中生活單調，他的腦筋一定糊塗了，否則他不知道該怎麼解釋自己竟認真期望能淨空房內家具？他難道真希望把舒適擺滿祖傳家具的溫暖房間變成洞穴，他固然能自由自在四處爬行，卻要付出代價，迅速遺忘生而為人的過去？但他確實幾乎已遺忘了，是久未聽聞的母親聲音喚醒了他。所以不可搬動一桌一椅，一切都得維持原樣，不能失去家具對他目前狀況的正面影響。即使家具會妨礙他無意義地到處爬行，也不會造成任何損失，反而大有好處。

只可惜妹妹意見不同。一談到葛雷高的事情，她在父母面前已儼然成了專家，這當然也不無道理。而母親這番建議，更堅定她決心搬動一開始即計畫移走的櫃子和書桌，甚至還打算搬走一切，只留下那張不可或缺的沙發。她做出這樣的決定，自然不只是要孩子脾氣，以及出於最近出乎意料辛苦建立的自信。事實上，她也觀察到葛雷高確實需要許多空間爬動，何況誰都看得出來，他根本用不上家具。或許，也是她這年紀女孩的衝動激情使然，一有機會就得尋找滿足。在這種衝動驅使下，葛蕾特忍不住更加誇張葛雷高目前處境的可怕，如此才能為他付出更多。因為在葛雷高獨自主宰著四面光禿牆壁的空間裡，除了葛蕾特之外，沒有人敢進去。

因此，她沒有因為母親一番話而動搖決心。母親在這個房間裡，顯然惶惶不安，六神無主，不久也不再作聲，使勁幫忙妹妹把櫃子推出去。若有必要，葛雷高可以不要櫃子，但是書桌非留不可。一等兩位女士氣喘吁吁把櫃子推出房間，葛雷高就從沙發底下探出頭，思索自己該如何小心插手，才不會壞了她們一番好意。不幸的是，先走回房的竟是母親，葛蕾特還在隔壁房間一個人抱著櫃子搖搖晃晃拖著，但是櫃子當然動也不動。母親還不習慣葛雷高的模樣，他怕她嚇出病來，驚慌失措急忙退到沙發另一邊，卻扯動了床單。床單前面晃了一下，足以引起母親的注意了。她整個人僵住，靜靜站了一會兒，才走回葛蕾特那兒。

雖然葛雷高不斷告訴自己，只不過是挪動幾件家具，沒有什麼大不了；但沒多久後，又不得不承認女士們走來走去，輕聲叫喚，家具刮擦地板的聲音，宛如一陣自四面八方湧來的龐雜喧鬧，深深影響了他，他的頭和腳不由得蜷成一團，身體緊貼地面。不可否認，他快要承受不住了。她們清空他的房間，拿走他鍾愛的一切。擺放線鋸和其他工具的櫃子已經移了出去，這會兒正在鬆開深陷地板裡的書桌腳，他在這張書桌上完成商學院、中學，甚至小學的作業。他沒空細究兩位女士的好意了，何況她們兩人搬得累到說不出話來，只聽見沉重的腳步聲，讓葛雷高幾乎忘了她們的存在。

兩位女士在隔壁房間靠著書桌歇口氣時，葛雷高衝了出來。他真不知道該先搶救什麼，張皇失措下，換了四次方向。這時，他看見幾乎空蕩的牆上，醒目掛著那幅皮草仕女圖，趕緊健步如飛爬了上去，全身貼在裱框玻璃上，玻璃牢牢吸住了他，灼熱的肚皮也清涼不少。至少這幅完全被葛雷高遮住的圖片，誰也不能拿走。他把頭轉向通往客廳的門，觀察女士們回來時的動靜。

她們沒有休息多久便回來了。葛蕾特手環著母親，幾乎可說是撐著她走了進來。「好，我們現在要拿走什麼呢？」葛蕾特四下張望說。就在此時，她忽然與牆上的葛雷高四目交接。若非母親在場，想必她已經失控。但這時，只見她低下頭與母親說話，以免母親抬眼左顧右盼。可是她的聲音顫抖，情急之下脫口說：「走吧，我們何不再回客廳一下呢？」葛雷高很清楚葛蕾特的意圖，她希望把母親帶到安全的地方，然後把他從牆上趕下來。好唷，她來試試看啊！他趴在圖片上，寧願撲到葛蕾特臉上，也絕對不退讓。

　　但是葛蕾特的話反而引起母親不安，她側身一站，隨即瞥見印花壁紙上那個巨大的棕色汙點，尚未真正意會到她看見的正是葛雷高，便放聲尖叫，聲音粗啞：「啊，天吶！啊，天吶！」下一瞬間，她伸出雙臂，彷彿放棄了一切似的，癱倒在沙發上動也不動。「哎呀，葛雷高！」妹妹掄起拳頭瞪眼叫道。自從葛雷高蛻變以來，妹妹第一次直接對他說話。她急忙跑到隔壁房間拿藥水，希望喚醒昏迷的母親。

葛雷高也想幫忙——要救圖片，之後還有時間——可是卻黏在玻璃上動彈不得，使勁了一陣才掙脫開來。他趕緊爬進隔壁房間，以為能像以前一樣指點妹妹似的，但他實際上什麼也做不了，只能枯站在妹妹身後。妹妹正在不同的小瓶罐中翻找，接著一個轉身，陡然嚇一大跳，把一個瓶子掉在地上打破，碎片割傷了葛雷高的臉，某種腐蝕性藥水流濺他四周。葛蕾特不再耽誤，盡可能抱起拿得走的藥水，跑向母親那兒，然後用腳把門關上。葛雷高隔離於母親之外了，都是他的錯，他很可能會害她喪命。他不能打開門，生怕嚇走必須留下來照顧母親的妹妹。除了等待，他束手無策。他自責不已，憂心忡忡，開始到處亂爬，什麼都爬，牆壁、家具、天花板。絕望中，他覺得房間天旋地轉，最後掉落在大桌子中央。

葛雷高虛弱無力地躺了好一會兒，周遭靜悄悄一片，或許是個好兆頭吧。門鈴響了。女僕當然仍把自己鎖在廚房裡，所以應門的是葛蕾特。父親走了進來，劈頭即問道：「發生什麼事了？」大概是葛蕾特的神情透露了一切。「母親方才昏了過去，不過現在好多了。葛雷高跑出來了，葛蕾特聲音沉悶，想必把臉埋在父親懷裡。「果然不出所料。」父親說，「我不是一直告訴過妳們，妳們這些女人家就是不聽。」葛雷高很清楚葛蕾特的訊息太簡短，讓父親往不好的方向想了，以為葛雷高使用了暴力。葛雷高得設法緩和父親的情緒。由於他沒有時間也沒有辦法解釋，只能立刻飛也似地爬到房門邊，蹲踞在一旁。

這樣一來，父親一從前廳進來，即可看出葛雷高想立刻回房的意圖，明白沒必要攆他，只要把門打開，他就會馬上進房。

但是父親沒心情體察這類細微之處。他一走進來，隨即「啊！」地一聲，語氣又似生氣、又似開心。葛雷高從門邊縮回頭，抬眼望向父親。他父親目前的模樣簡直出人意料啊。葛雷高最近熱衷於新展開的爬行，不像以前那麼關心家裡的事，但他其實應該早就料到家裡會有變化。但是啊，但是啊，這還是父親嗎？以前葛雷高動身出門工作時，父親總還疲累地深陷床中；傍晚回來，他穿著睡袍癱在椅上，連起身的體力也沒有，只是揚揚手，就算開心招呼了一聲。一年幾次星期天與盛大節慶，才偶爾和家人出門散步。葛雷高和母親已經走得慢了，但走在兩人之間的父親更加緩慢。他裹在舊大衣裡，小心翼翼拄著手杖一步步向前；想講話時，幾乎是停下腳步，要身邊人靠攏過來。這真是同一個人嗎？現在的他，身形筆挺，身著綴有金釦的藍色貼身制服，像銀行雜役一般；外套漿挺的高領擠出了大大的雙下巴；濃粗的眉毛下，一雙黑色眼睛炯炯有神，生氣十足；平時蓬亂的白髮，梳理成服服貼貼的油頭，一絲不苟，油亮生輝。他的帽子繡有金色字，應該是某家銀行的標誌。只見他把帽子遠遠拋向房間那一頭的沙發上，制服外套下襬往後一掀，雙手插進褲袋裡，一臉嚴峻走向葛雷高。父親大概也不清楚自己要做什麼，不過他的腳舉得高乎異常，葛雷高一看到靴子那粗壯的鞋跟，簡直驚呆了。打從開始新生活的第一天，父親即強力主張必須嚴厲對待他。於是，葛雷高毫不耽擱，立刻拔腿就跑。父親一停，他就頓住；父親一動，他立刻急忙跑向前。他們就這樣在房間裡兜了好幾圈，沒有發生什麼大事，也不因為葛雷高速度慢而出現追逐。因此葛雷高暫時留在地面，他也害怕若是逃上牆或者天花板，父親會認為是惡意挑釁。不過，葛雷高不得不承認，即使這樣下去，自己也撐不了多久。因為父親走一步，他就得爬好幾下，爬得上氣不接下氣，而他的肺從以前就不太可靠了。他走得蹣跚，蓄積力量準備逃竄，眼睛幾乎沒睜開。他思緒混沌，除了逃遁，想不到其他出路，幾乎也忘了牆面可任由他爬。只不過，這房間的牆壁前，擋滿了雕工細緻、有稜有角的家具。就在此時，某個東西輕輕拋來，從他身邊緊擦而過，在他眼前滾了又滾。是顆蘋果。第二顆緊接著又飛來，葛雷高嚇得無法動彈。逃也沒用，父親顯然決定轟擊他了。他把餐具櫃上水果籃裡的蘋果塞滿口袋，一顆接著一顆丟來，並未精確瞄準。紅色的小蘋果彷彿帶了電，在地上滾來碰去。一顆力道較弱的蘋果擦到他的背，但滑了下來，沒有造成傷害。另一顆隨之飛來的蘋果，卻扎扎實實直接嵌入了他的背部。葛雷高拖著身體想往前爬，彷佛換了地方，即能擺脫這股不可思議的驚人劇痛。然而，他卻像被釘在原地似的，困惑不解地癱在地上。闔眼之前，他瞥見房門猛然大開，母親衝了出來，妹妹尖叫著緊跟在後。母親身上只穿著襯衣，因妹妹在她昏厥時解開了衣服，讓她能夠順暢呼吸。葛雷高瞧見母親奔向父親，身上鬆開的襯裙與裙子一條條滑落，纏住了腳。她踉踉蹌蹌撲向父親，緊緊環著他的頭，求他饒了葛雷高一命。這時，葛雷高的視力已逐漸模糊了。

三

III

葛雷高受了重傷，受苦了一個多月。蘋果仍嵌在他背上，沒人敢拿下來，成了醒目的紀念品；也提醒了父親，葛雷高目前這副樣子雖然可憐又討厭，卻是家中一員，不應該對待他像個敵人，而應謹守家人義務，嚥下不情不願的厭惡感，耐心相待，除了忍耐還是忍耐。

葛雷高受傷，大概永遠無法靈活行動了。他現在活像個衰老的殘疾之人，爬過房間需要花上許多、許多分鐘，遑論爬上高處。不過，他認為自己惡劣的狀況也獲得了充分的補償。一到傍晚時分，通往客廳的門會打開，但在開啟之前，他已習慣緊盯著門一、兩個小時。門一開，他即能窩在從客廳看不見他的黑暗處，望著全家圍坐在燈火明亮的餐桌旁，傾聽他們的談話。大家都默許他這麼做了，這點與以往不同。

但是，他們自然不再像以前那樣談笑風生。葛雷高從前出差，在旅館狹窄的房間裡，筋疲力盡撲倒在潮溼的被褥上時，經常心生思慕，想念家裡活絡的氣氛。現在，他們多半沉默不語。父親用完餐沒多久，倒在他的椅子上便打起了盹；母親和妹妹會提醒彼此別多說話。燈光下，母親低頭為時裝店縫製精緻內衣，妹妹當起了售貨員，利用晚上學習速記和法語，希望有朝一日高升到更好的職位。父親有時候忽然醒過來，恍然不知自己已經睡著，還對母親說：「妳今天針線活兒又做這麼久呀！」話一說完又睡著了，母親和妹妹相視一笑，面露疲累。

父親有種執拗，連在家也不肯脫下制服。睡袍一無用處掛在衣架上，他卻穿戴整齊在椅子上打著盹，彷彿隨時準備上工，在家也等著主管一聲差遣似的。日子一久，那件本就不新的制服越來越髒，母親與妹妹悉心清潔也沒用。葛雷高經常一整晚看著汙漬斑斑但金釦擦得晶亮的制服，父親穿著這身制服極不舒適，卻總能安穩入睡。

鐘一敲了十下，母親便輕聲叫醒父親，勸他上床睡，他六點就得上班了，特別需要好好睡一覺，而坐著沒辦法睡得好。但是，自從他當差以後，就莫名變得執拗，就算常常睡著了，也堅持在桌旁多坐一會兒，往往得費很大的勁兒，才能說服他從椅子移到床上去。這種時候，母親和妹妹總不斷催促著他，但一刻鐘過去了，他仍始終緩緩搖頭，眼睛依然閉著，人沒站起來。接著，母親拽著他的衣袖，在耳邊甜言蜜語，妹妹放下功課過來幫忙。但這些對父親都沒用，他反而更深深陷入椅子裡。等到兩位女士一人一邊手伸入他腋下，這才張開眼睛，一下看著母親，一下看著妹妹，說的又是那句：「這是生活嗎？是我晚年享有的寧靜嗎？」在兩位女士攙扶下，他拖拖拉拉掙扎起身，彷彿他是自己最沉的重擔。她們扶著父親走到門口後，他即揮手支開兩人回去，獨自走回房。不過，母親最後還是擱下了針線活兒，妹妹急忙丟下筆，又追上去攙著他。

這家子操勞過度，筋疲力盡，除了必要的照料，誰還有體力關心葛雷高呢？家計日漸左支右絀，女僕也解雇了，來了一個瘦骨嶙峋、白髮蓬亂的女傭，早晚各一次做些粗重的工作，其他家務就落在針線活兒也繁重的母親身上。母親與妹妹以前參加活動與節慶時樂不可支配戴的祖傳首飾，也一一變賣了。葛雷高傍晚聽見他們談論賣得的價格，才得知此事。他們經常哀怨的，還是無法搬離就目前狀況而言顯得太大的房屋，因為想不出法子搬運葛雷高。但是葛雷高心裡有數，不只是因為顧慮他，才造成搬遷不易；其實只要把他放進適當的箱子裡，開幾個透氣孔，就可以搬運了。遷居最大的障礙，主要是他們徹底感到了絕望無助，而且認為親朋好友中，沒人像他們一家那樣遭遇到此番不幸。他們已經盡力承受這世界對窮人的要求了，父親幫銀行的小職員張羅早餐，母親犧牲自己為陌生人縫製內衣，妹妹在櫃檯後面聽任客人使喚，疲於奔命。但是，這已是他們的能力極限了。每當母親與妹妹將父親哄上床，回到客廳，擱下工作，臉挨著臉緊鄰坐著；每當母親指著葛雷高的房間說：「葛蕾特，把門關上。」每當黑暗再度包圍葛雷高，兩位女士在隔壁淚水交融，或者欲哭無淚乾瞪著桌子時，葛雷高背上的傷口又會開始作痛。

葛雷高幾乎日日夜夜無法成眠。有時候他想，下次門再度打開時，自己又能像以前那樣一手攬下家中事務。隔了很久之後，他又想起了老闆和經理、伙計和學徒、那個無腦的跑腿小廝、兩三位別家公司的朋友、鄉下旅館裡清潔女工帶給他的一段短暫又甜蜜的回憶、一位他曾認真求過婚卻已太遲的女店員，這些人出現在他眼前，與陌生人以及遭遺忘的人，全摻雜在一起。但是，沒有一人伸出援手幫助他和他的家人，個個冷漠無情，對他們置之不理。所以他們最後一一消失在眼前時，葛雷高十分開心。不過，他又沒心情操心家裡，一想到家人疏於照顧他，便一肚子氣。雖然他想不出來自己喜歡吃什麼，仍計畫闖進儲藏室，即使不餓，也要叼走本應給他的食物。妹妹也沒有心思揣摩葛雷高可能特別喜愛的口味了，早晨和中午上班前，匆匆忙忙只用腳就把隨便湊合的食物撥進葛雷高的房間；傍晚下班，也不在乎葛雷高是否嘗了食物，或者甚至分毫未動（而這是最常出現的狀況），一律拿掃帚全掃了出去。她現在只在晚上打掃房間，每次也總是草率了事，牆面上髒汙一道又一道，一堆堆灰塵和垃圾隨處可見。

一開始，妹妹出現時，葛雷高還故意待在特別骯髒的角落，藉此表達自己的譴責之意。不過他就算待上好幾個星期，妹妹恐怕也不為所動。如同葛雷高一樣，她其實也看見了髒汙，只是最後決意忽視。不過，她認為清潔葛雷高房間是她的權責，所以在打掃這件事上，她變得敏感易怒，連帶全家人跟著遭殃。有次，母親將葛雷高的房間大掃除一番，事實上只不過用了幾桶水清潔罷了。但房間裡太潮溼，害葛雷高不舒服，他生著悶氣，沮喪不已，動也不動平癱在沙發上。而這次打掃把母親好好折騰了一番。因為妹妹晚上返家後，發現葛雷高的房間有了改變，頓時感覺深受冒犯，跑進客廳嚎啕大哭，無視母親舉手求饒。椅子上的父親自然驀地驚醒，父母兩人起先目瞪口呆看著妹妹淚流滿面，束手無策，後來也隨之浮躁起來。父親先是責備右手邊的母親，沒把葛雷高的房間留給妹妹打掃，接著又轉向左邊，喝斥妹妹，不准她再去清潔葛雷高房間。父親最後情緒失控，母親只好又拖又拉，想把他帶回臥室。妹妹哭得簌簌發抖，小小的拳頭敲著桌面。葛雷高火冒三丈，氣得嘶嘶作聲，因為沒人想到要關上門，別讓他經歷這一切的爭鬧。

即使妹妹工作疲憊不堪，照顧葛雷高也漸感厭煩，不再像以前一樣，母親也絕對不能插手；不過，葛雷高也不至於乏人照顧，因為有女傭在。女傭是位老寡婦，靠著堅硬的身子骨熬過漫長一生最困頓的時刻，壓根兒不害怕葛雷高。有天，她並非出於好奇，而是無意中打開了葛雷高的房間，看到了他的模樣。葛雷高大驚失色，即使沒人追獵也四下亂竄，而老女傭只是兩手交握在小腹前，站在原地吃驚地瞪著他。從此以後，早上和傍晚，她總會稍微打開葛雷高的房門，匆匆看他一眼，從不耽擱。剛開始，她會用大概自以為親切的話語喊他過來：「過來啊，老糞蟲！」或者，「瞧瞧這老糞蟲呀！」對此，葛雷高完全不予搭理，文風不動留在他的位置，就當門沒有打開。應該命令這老女傭打掃他的房間，而非放縱她隨心所欲，無謂打擾著他呀！有天一大早，滂沱大雨敲打在窗玻璃上，或許預示春天即將來臨吧。老女僕又叨叨絮絮著那一套，葛雷高勃然大怒，掉頭朝她爬去，一副攻擊態勢，可惜他動作蹣跚，衰弱無力。老女傭非但未露懼色，反而抄起門旁一張椅子，張大口高舉著，顯然不把椅子砸向葛雷高的背，絕不輕言閉上嘴。「怎麼樣？不敢再往前一步了嗎？」她問道。一看葛雷高轉回身去，才又冷靜地把椅子放回原來角落。

葛雷高現在幾乎分食未進。偶爾經過備好的食物旁邊，才好玩似的咬一口，含在嘴裡好幾個小時後，最終多半又吐掉。起初他以為是房間的狀況害他食不下嚥，但他其實很快便安於房間的變化了。別的地方放不下的東西，現在大家已經習慣全擺到這房間來，由於屋子裡有間房租給了三位房客，這類東西現在越來越多。葛雷高有次從門縫看見他們三人都蓄著落腮大鬍。這三位嚴肅的先生謹守秩序，不僅他們承租的房間井然有序，也要求全部家務必須一絲不苟，尤其是廚房。他們無法忍受沒有用的東西，遑論骯髒的廢物。此外，他們自己也帶來絕大部分的家具，許多東西因此成了累贅，既賣不出去，也捨不得丟棄，最後全部落到葛雷高的房間，連煤灰桶和廚房垃圾桶也放了進來。眼下派不上用場的東西，全讓老女傭急匆匆往葛雷高的房間一丟；幸好，葛雷高多半只看見物品和拿著物品的手。老女傭或許打算等有時間再拿走東西，或者找機會全部一次清理掉。但事實上，若非葛雷高在廢物堆中爬行時東推西挪，這些東西始終只會留在最早丟進來的地方。葛雷高因為無處可爬，起初不得不把東西推開，經過這樣的遊走爬行，他總是累得要命，又哀傷欲絕，往往動也不動要躺好幾個小時，不過後來卻也逐漸樂在其中。

房客偶爾也在大家共用的客廳晚餐，所以葛雷高通往客廳的房門，傍晚有時候會關上。不過有沒有開門，葛雷高很快也不以為意了。好幾個晚上，即使門開著，他也沒有利用機會觀察門外，只是窩在房間最陰暗的角落，而家人全然沒有留意到他。一次，老女傭把門稍微開著，傍晚房客進來客廳點亮燈時，也依然忘了關上。房客在上位就座，那是以前父親、母親和葛雷高的位置，然後攤開餐巾紙，手中拿著刀叉。母親立刻端著一盤肉出現在門口，妹妹捧著一盤高高堆起的馬鈴薯緊跟在後，食物熱氣蒸騰。房客俯身望著放在他們面前的盤子，好似用餐前要先檢查一番。坐在中央那位比較權威的人，還在大盤中切下一塊肉，顯然想確認肉是否軟嫩，有沒有必要送回廚房。最後，他十分滿意，在一旁緊張看著的母親和妹妹，終於也鬆了口氣，露出笑容。

房間租人後，家人改到廚房裡吃晚飯。不過父親進廚房前，總會先進客廳，手裡拿著帽子一鞠躬，接著在桌子旁轉了一圈。房客這時全都起身，濃密的鬍子底下喃喃說了幾句。等到父親一走，只剩三人時，他們幾乎是默不作聲用著餐。葛雷高覺得十分奇怪，在各式各樣的進食聲中，唯獨牙齒咀嚼聲最清晰，彷彿要向他證明吃東西需要牙齒，光有最堅硬的口部，沒有牙齒也沒用。葛雷高自言自語憂愁說：「我餓了，但不想吃他們那些東西。房客正大快朵頤，我卻要餓死了！」

這段時間以來，葛雷高不記得聽過小提琴的聲音，但這晚廚房傳來了琴聲。房客已結束用餐，中間那位正拿出報紙，分給另外兩位一人一張，接著他們好整以暇舒服讀著報，一邊呑雲吐霧。琴聲一響起，他們便豎起了耳朵，接著起身，輕手輕腳走到往前廳門旁，擠成一團。廚房裡的人一定也聽到了動靜，只聽父親喊道：「琴聲是否吵到了三位先生呢？可以馬上停止拉奏。」中間那位先生說：「正好相反。小姐何不過來客廳演奏呢？這兒方便許多，也比較舒適。」「噢，好的。」父親又喊，彷彿表演的人是他。三位先生退回客廳等候。不久，父親端著譜架，母親手拿樂譜，妹妹夾著小提琴，一一走了進來。妹妹靜靜做著表演準備。父母從未出租過房間，所以對房客顯得過分客氣，連自己的椅子都不好坐下。父親靠在門邊，制服外套扣得整整齊齊，右手插進兩顆鈕釦之間。倒是有位房客讓座給母親，他隨手將椅子一擺，母親也沒挪動椅子位置，就這麼坐在旁邊角落。

妹妹開始拉琴了。父親與母親各據兩旁，聚精會神看著她手的律動。葛雷高受到琴聲吸引，稍微探出身，但頭其實已進到客廳裡了。以往他十分自豪對人體貼有加，最近卻不太顧慮別人的感受，對於這樣的改變，他也不怎麼驚訝了。否則他的房間到處積著厚厚的灰塵，稍有動作，即整屋飛揚，連他全身也沾滿塵埃，背上和兩側都是線頭、毛髮、殘餚，他照理更有理由躲起來才是。但是，他完全無所謂了，對這一切漠不關心；換做以前，他一天可要翻身好幾次，在地毯上擦來擦去，把自己弄乾淨的。儘管現在邋遢狼狽，他也不覺羞愧，逕自向前爬了幾步，踩在客廳一塵不染的地板上。

可是，沒有人留意到他。家人深深沉浸在小提琴的表演中；三位房客原本手插在褲袋，聚集在譜架後面，距離近得彷彿想把所有音符看個清楚，卻也妨礙了妹妹。但不久後，他們便退回窗邊，不再走動，低著頭小聲交談，父親憂慮不安地看著他們。情況十分明顯，他們本以為能聆聽一場優美或者愉快的小提琴演奏，事實上卻失望透頂，因此受夠了表演，只是基於禮貌，才勉強忍受琴聲干擾。他們不斷把煙從鼻子和嘴巴吐出的樣子，尤其可看出他們的焦躁不耐。但是，妹妹演奏得多麼悠揚動聽呀。她側著臉，目不轉睛哀愁地看著樂譜。葛雷高又往前爬一步，頭緊緊俯在地面，希望與妹妹目光相交。他若是個動物，會如此深受感動嗎？他眼前似乎出現了一條路，通往深深期盼的某種養分。他決定向前擠到妹妹腳邊，拉拉裙子，暗示她帶著小提琴跟他回房間，因為沒人像他一樣懂得欣賞。他不想再讓她步出房間，至少在他有生之年都不准。他駭人的模樣這時終於第一次可派上用場了，他要同時守望自己所有的房門，對進犯者齜牙咧嘴。不過，他不會勉強妹妹，而是希望她心甘情願留在他身邊。兩人並肩坐在沙發上，她俯下身，側耳傾聽他吐露肺腑之言，說他心意已堅，決定送她進音樂學院，若非中途遭遇不幸，早在去年聖誕節——聖誕節應該過了吧？——就宣布了，即使眾人反對也沒用。聽完這番說明，妹妹想必感動萬分，淚流滿面。這時，葛雷高會直起身體，攀到她肩頭，親吻她自從工作後便沒繫絲巾或穿上高領的脖子。

「薩姆沙先生！」中間那位房客喊了父親一聲，一個字沒多說，只是拿食指指著緩緩爬向前的葛雷高。小提琴聲戛然而止，中間的房客先是搖著頭對他朋友笑了一笑，接著又望向葛雷高。父親認為與其把葛雷高攆回房間，還不如先安撫房客重要。但他們根本不以為忤，甚至還覺得葛雷高比小提琴更有意思。父親急忙上前，兩手大張，想把房客推回房間去，同時用身體擋住葛雷高，不讓他們看見。他們這會兒真有點不高興了，但不清楚氣的是父親的行為，抑或隔壁住了葛雷高這樣一個鄰居，他們卻被埋在鼓裡。他們要求父親解釋，一樣也舉起手臂，煩躁得不停捻著鬍子。最後，才不情不願慢慢往房間踱去。演奏忽遭打斷，妹妹恍如丟魂失魄，懸在空中的手好長一段時間仍拿著小提琴和弓沒動，眼睛緊盯樂譜，彷彿還在演奏似的。父親這時加緊速度，急急把房客趕回房。妹妹乍然回神，一把將樂器塞進胸膛劇烈起伏、在椅子上喘不過氣來的母親腿上，趕緊奔進房客的房間。只見她雙手熟練地高高抖起床單，快速擺好枕頭，飛天舞地，三張床轉眼鋪得井然有序，最後在房客進房前連忙溜了出去。父親似乎又犯了執拗的毛病，忘了對房客應有的尊重。他催了又催，趕了又趕，房客已退到房門前，中間那位最後重重跺腳，父親才停下腳步。房客舉起一隻手，目光同時也掃過母親和妹妹身上，說：「鑑於此屋以及這家人的可憎情況，我鄭重宣告，」接著呸的往地上啐了一口，「即刻解除租約。這些天的房租，我自然一毛錢也不會付。非但如此，我甚至考慮向您索賠，至於理由，您別擔心，隨便一找都有。」接著，他便一語不發，兀自盯著眼前，彷彿在等待什麼。一旁兩位朋友見狀果然立刻附和：「我們也馬上解約。」語畢，先前那位房客隨即抓住門把，碰的摔上門。

父親步履蹣跚，摸索著搖搖晃晃往回走，跌進他的椅子裡。他四肢大開，彷彿像平時晚上一樣打起盹似的，但是頭卻像沒有支撐似的重重點著，顯然根本沒有睡著。葛雷高自始至終都靜靜停在房客發現他的地方。不論是計畫落空而來的失望，或者是經常挨餓引發的虛弱，在在使他無力移動。他恐惶悚懼等待著，確信接下來大家會一股腦兒把不滿發洩在他身上。即使小提琴滑出母親顫抖的手指，從腿上掉了下來，發出轟隆巨響，他也沒有嚇得一彈。

妹妹在桌面上拍了拍，算是種導言，說：「親愛的爸媽，這樣下去不是辦法。你們或許看得還不透澈，但是我卻十分清楚。我不希望在這個怪物面前喊出哥哥的名字了。我想表達的是，我們必須想法子把牠弄走。我們照顧牠、容忍牠，已經仁至義盡了。我想，沒人能責怪我們的。」

「她說得一點兒也沒錯。」父親喃喃自語著。母親仍舊喘不上氣，手摀著嘴，又悶悶地乾咳起來，露出狂亂迷惘的眼神。

妹妹趕緊奔到母親跟前，扶著她的額頭。父親因為妹妹一番話，思緒似乎較為清晰明確。房客用過晚餐後，桌子尚未收拾。他坐直身子，手指撥弄放在桌上餐具間的工作帽，靜靜瞧著葛雷高好一會兒。

「我們必須把牠弄走。」妹妹只對著父親說，母親咳得正厲害，一個字兒也聽不見。「牠會害死你們的，這點我非常清楚。我們在外頭做牛做馬，回到家裡，沒辦法再承受這種沒完沒了的折磨呀。我是再也受不了了。」她嚎啕大哭，眼淚落到母親臉上，她不由自主拭去母親臉頰的淚水。

「孩子，我們該怎麼做？」父親同情地說，明顯能深切諒解妹妹的反應。

妹妹只是聳聳肩，大哭之後她顯然茫無頭緒，與之前的堅定自信截然不同。

「如果他能聽懂我們的話……」父親半問半說。妹妹雖涕淚交流，仍猛地擺擺手，表示根本不可能。

「如果他能聽懂我們的話，」父親重複了一遍，閉上眼睛，消化妹妹堅信此事根本不可能的想法。「或許有機會和他協議。但是這樣……」

妹妹叫道：「牠一定得走，父親，這是唯一的辦法。你必須擺脫牠是葛雷高的念頭。我們之所以陷入不幸，就是因為始終以為牠是葛雷高。但是，牠怎麼可能會是葛雷高呢？牠若是葛雷高，就該明白人和這樣一種動物怎麼可能生活在一起？早應自願離開了。我們或許從此沒有了兄長，卻能繼續生活下去，而且心中對他永懷敬意。可是，牠卻迫害我們，趕走房客，顯然還想霸占屋子，讓我們流落街頭。你看，父親，」她驀地放聲尖叫，「牠又來了！」葛雷高不懂她為何莫名其妙驚慌失措，還從母親身邊跑開，簡直可說是從她椅子彈開的，彷彿寧可犧牲母親，也要離葛雷高遠一點。父親被妹妹這麼一嚇，頓時也激動慌亂，倏地起身，雙臂半舉，彷彿要保護她似的。

葛雷高壓根兒沒打算要驚嚇誰，何況是自己的妹妹。他不過想要轉身爬回房間。只是身體受傷，要轉身十分困難，不得借助頭部使力。他好幾次昂起頭，卻又撞向地板，模樣想必特別駭人。他停下動作，四下張望。他們想必看出了他一片善意，明白方才不過是一陣虛驚。現在大家安靜而哀傷地看著他。母親癱在椅子上，兩腿伸直併攏，疲累得幾乎閉上眼睛。父親與妹妹並肩而坐，她的手環在父親脖子上。

「我現在可以轉身了吧。」葛雷高心想，又開始使力。由於太過費勁，不由呼吸粗重，氣喘吁吁，不時要停下來休息。反正也沒人催促，一切由他決定。終於轉過身後，他立刻筆直往前爬。他十分驚訝房間竟距離這麼遠，實在不清楚自己身體如此虛弱，剛才究竟是怎麼爬過這一段路的。他一心一意只管往前爬，幾乎沒注意到家人悶聲不吭，也沒喊叫。等他爬回房門口，才轉過頭去，只是脖子僵硬，頭沒辦法轉全，但還是看得見後頭的情況。除了妹妹站起來之外，其他都沒有變動。他瞧了母親最後一眼，她已經完全沉睡了。

葛雷高才一進房，門即飛速關上，並且上了鎖。身後這突如其來的聲響，把他嚇得腿都軟了。動作如此急促的人正是妹妹。她早就起身等候著，隨即一個箭步，身手敏捷往前跳，葛雷高根本沒聽見她過來的聲音。接著，她把鎖孔裡的鑰匙一轉，朝雙親喊了一聲：「總算！」

「現在呢？」葛雷高問著自己，在黑暗中左右張望。不一會兒，他便發現自己再也動不了了。但他毫不驚訝，反而覺得竟能靠著這些纖細的小腳移動至今，才實在是有違自然。況且他還感覺相對舒服呢。他現在雖然全身疼痛，卻也覺得痛楚似乎正逐漸減輕，最後終將消失。背上腐爛的蘋果和發炎的部位，覆滿柔軟的塵埃，他幾乎感覺不到了。他想起自己的家人，心裡滿是感動與愛意。他認為自己應該消失的想法，甚至可能比妹妹還堅決。他就這麼靜默在自己空虛且平和的想法裡，直到鐘樓敲了三響晨鐘。他看見窗外晨光熹微，天色將明；接著，頭不由自主頓然一垂，鼻孔逸出最後微弱的奄奄一息。

一大早，老女傭來了，一樣急手急腳，力大無窮。已經說了好幾次，要她放輕動作，別把每扇門關得劈砰作響，擾人清夢，使得整屋子人因為她來，全都睡不成好覺。但顯然沒用。她一來，照例先去看了一眼葛雷高，一開始沒發現什麼異狀，以為他故意動也不動，佯裝不開心。她相信他完全是具有智力的。她手中正好拿著長柄掃帚，於是從門邊伸進去搔搔他，見他完全沒有反應，不由得火大，又使勁戳了一下，沒想到毫無阻力，他竟這麼滑了出去，她這才有所警覺。不一會兒，她便明白了真相。她瞪大眼睛，吹了聲口哨，但沒多耽擱，急忙去打開薩姆沙夫婦的臥室房門，朝著黑暗扯開喉嚨大嚷：「你們過來看啊，牠翹辮子了；躺在那兒，死翹翹啦！」

薩姆沙夫婦在床上坐直身子，平撫老女傭帶來的驚嚇，過了一會兒才理解她的話。兩人立刻一人一邊趕緊下床，薩姆沙先生把毯子往肩頭一披，薩姆沙夫人只穿著睡衣，便走進葛雷高的房間。這時，通往客廳的門也打開了。自從房間租人之後，葛蕾特就睡在這裡。她穿戴整齊，彷彿沒有睡著，蒼白的臉色似乎也證明了這一點。「死了？」

薩姆沙夫人詢問地望著老女傭，其實她可以親自檢查，甚至無需檢查也看得出來。「沒錯。」老女傭說，又拿掃帚把葛雷高的屍體遠遠撥到一邊，證明她的話。薩姆沙夫人動了一下，彷彿想阻擋掃帚，但終究還是沒出手。薩姆沙先生說：「好，現在，讓我們感謝上帝吧。」語畢，在胸前畫了十字，三位女子也依樣畫葫蘆。葛蕾特目光盯著屍體未移開，說：「你們看，他多瘦呀。他已經好長一段日子什麼也沒吃了，食物拿進來，又總是原封不動拿走。」確實，葛雷高的身體又癟又乾，沒了細腳托高，也沒有其他東西轉移視線，現在才真正看得一清二楚。

「來，葛蕾特，過來我們房間一下。」薩姆沙夫人露出哀傷的笑容說。葛蕾特聞言，回頭看了一眼屍體，即跟隨父母走進臥室。老女傭關上門，將窗戶整個推開。雖然是一大清早，但新鮮的空氣裡已有一絲暖意。時序已進入三月底了。

三位房客走出房間，四下張望，沒看見早餐，顯得十分驚訝。大家把他們給忘了。「早餐呢？」中間那位先生臉色陰鬱問老女傭。不過她卻把手放在嘴巴上，默不作聲快速比了個手勢，要他們過去葛雷高房間。他們照做了，雙手插在有點磨損的外套口袋裡，在晨光亮晃晃的房間裡，圍著葛雷高的屍體佇立著。

這時，臥室的門打開了，薩姆沙先生穿著制服走出來，一手挽著他夫人，另一手挽著女兒。三人臉上有哭過的痕跡，葛蕾特偶爾還把臉埋在父親臂彎裡。

「請三位立刻離開我的屋子！」薩姆沙先生指著大門說，兩手仍舊挽著女士。「您是什麼意思？」中間那位先生有點錯愕，臉上堆起諂媚的笑容。另外兩位男士手背在身後，不斷摩拳擦掌，彷彿喜孜孜期待一場穩操勝算的激烈爭吵。「我的意思就是我說的那樣。」薩姆沙先生答道，接著挽著兩位女伴並排走向房客。房客先是靜靜站著，望向地板，彷彿腦子裡的東西正在重組出新的秩序。「那麼，我們就離開吧。」他說，然後抬眼望向薩姆沙先生，態度忽然變得謙卑屈從，彷彿希望薩姆沙先生因此同意他的新決定。薩姆沙先生只是張大著眼，迅速對他連連點頭。房客果真立刻邁開大步，走進前廳。他的兩位朋友靜靜傾聽著，雙手好一會兒不再躁動，這時彈起來跟上腳步，彷彿害怕薩姆沙先生搶在他們面前走進前廳，破壞他們和老大的連繫。前廳裡，三位男士一一從掛勾上拿下帽子，從手杖架取出手杖，不發一語鞠躬致意後，踏出了屋子。出於無憑無據的猜疑，薩姆沙先生仍攜著兩位女士，走到門外樓道，倚在欄杆上，看著三位男士緩慢卻腳不停歇地往下走，看著他們消失在樓梯間每一層樓的拐角，一會兒後又接著出現。他們越往下走，薩姆沙一家對他們的興趣也就越小。有個肉鋪伙計頭頂著東西，昂首挺胸迎向房客走來，經過他們身邊繼續往上後，薩姆沙先生就領著兩位女士離開欄杆，宛如鬆了口氣似的回到家裡。

他們決定休息一天，出門散散步。他們不僅需要暫時從工作中喘口氣，甚至絕對有必要好好休個假。於是三人在桌旁坐下，寫信請假。薩姆沙先生寫給主管，薩姆沙夫人寫給客戶，葛蕾特寫給老闆。寫信時，老女傭進來說一聲早晨的工作已經結束，她要走了。三個寫信者只是點點頭，沒有抬眼看她；但老女傭似乎還不想離開，他們才不耐煩抬起頭。「還有事嗎？」薩姆沙先生問道。老女傭站在門邊笑而不語，彷彿要向這家人通報天大的喜訊，但要有人追根究柢探問，她才願意開口說。她帽子上那支幾乎豎得筆直的鴕鳥小羽毛，這時輕薄地東擺西晃，薩姆沙先生打從雇請她之後，一見這羽毛就心煩意亂。「究竟有什麼事？」薩姆沙夫人問道，老女傭對她還是最為尊敬的。「是的。」老女傭掩不住笑意，簡直無法馬上接著說下去。「是這樣的，你們不必操心要怎麼清理隔壁那個東西了，已經都收拾妥當了。」薩姆沙夫人和葛蕾特又扭回頭去，彷彿想繼續把信寫完。薩姆沙先生察覺到老女傭正打算鉅細靡遺交代經過，立刻果決地舉手制止。既然不准她說，老女傭也憶起自己有急事，於是喊道：「再見了，各位。」語氣不無惱火，然後粗暴地轉過身，用力摔上門離開，力氣相當驚人。

「今晚就辭退她吧。」薩姆沙先生說，但是薩姆沙夫人和葛蕾特誰也沒答腔，老女傭似乎又破壞了她們才剛獲得的寧靜。她們起身走到窗邊，摟著彼此，佇立不語。薩姆沙先生坐在椅子上轉過身來，靜靜打量她們好一會兒，然後大聲說道：「過來這兒吧。過去的事，就讓它過去了。妳們好歹也為我著想一下啊。」兩位女士聽從他的話，急忙過來親吻他，然後快速把信寫完。

後來，三個人一起離開房子，已經好幾個月沒這樣了。他們搭電車出城往郊外去，溫暖的陽光灑落車廂，車裡不見其他乘客。他們舒服愜意地靠坐在座位上，討論著未來前景。仔細一深究，前途似乎一點兒也不悲觀，雖然他們沒有真正談過彼此的工作，但三人的職務其實都不錯，日後也大有發展。而只要換個住所，自然也能大大改善眼前的狀況。比起葛雷高找的這棟公寓，他們想要小又便宜一點的寓所，但是地段要好，尤其要實用。三人就這樣聊著，薩姆沙先生與夫人看著女兒越來越有生氣，幾乎同時注意到，即使她這段時間飽受折磨，臉色蒼白，卻也出落成美麗豐滿的少女了。兩人的話越來越少，不自覺時時交換意會的眼神，心想該是時候為她找位正派規矩的丈夫了。電車到站，女兒第一個躍起身，舒展她青春洋溢的身體，彷彿是認可了他們全新的美夢與一片好意。

法蘭茲·卡夫卡年表

一八八三 七月三日出生於布拉格。父親是赫曼·卡夫卡，母親是茱莉·洛維。

一八九三 就讀金斯基宮的德國文法學校，在此學會以正統德文閱讀、寫作。

一九〇一 從文法學校畢業，進入布拉格查理大學，起初攻讀化學與文學，之後轉讀法律。

一九〇二 結識馬克斯·布洛德等人，並組成哲學討論會。這一年卡夫卡開始寫作。

一九〇六 六月獲得法學博士學位，之後於地方法院實習。

一九〇八 從「忠利保險公司」轉任至勞工事故保險局。

一九一二

八月結識菲莉絲．包爾，兩人開始密集通信。
開始創作《失蹤者》。
年底出版第一本著作《沉思》，收錄一九〇四至一九一二年創作的十八則短篇小說。

一九一三

五月出版〈司爐〉（後為《失蹤者》第一章）。
六月出版〈判決〉。

一九一四

六月與菲莉絲．包爾訂婚。
七月取消婚約。
開始創作《審判》。

一九一五

《變形記》出版。

一九一七

七月與菲莉絲．包爾二度訂婚。
九月於喉頭診斷出結核病。
十二月與包爾二度解除婚約。

一九一八

結識茱莉．沃里契克。

一九一九

與茱莉．沃里契克訂婚。

一九二〇

出版《鄉村醫生》，收錄十四篇短篇小說。

七月與茱莉．沃里契克解除婚約。

一九二一

開始創作《城堡》。

一九二二

七月從勞工事故保險局退休。

一九二三

七月遊歷波羅的海期間，結識朵拉．迪亞芒。

九月兩人短暫移居柏林。

一九二四

三月搬回布拉格。

四月至奧地利療養院休養，於病榻上校訂短篇小說集《飢餓藝術家》。

六月三日病逝。

死後，《飢餓藝術家》出版，收錄四則短篇小說。

一九二五 長篇遺作《審判》出版。

一九二六 長篇遺作《城堡》出版。

一九二七 長篇遺作《失蹤者》出版，初版名為《美國》。

Golden Age 037

卡夫卡《變形記》（又名《蛻變》）

存在主義先驅小說（Being 哲思文學系 1）

作　　者　法蘭茲·卡夫卡
譯　　者　管中琪
社　　長　張瑩瑩
總 編 輯　蔡麗真
主　　編　蔡欣育
編　　輯　王智群
校　　對　魏秋綢
行銷企畫　林麗紅
封面設計　井十二設計研究室
內頁排版　劉孟宗
出　　版　野人文化股份有限公司
發　　行　遠足文化事業股份有限公司（讀書共和國出版集團）
地址：231 新北市新店區民權路 108-2 號 9 樓
電話：(02) 2218-1417　傳真：(02) 8667-1065
電子信箱：service@bookrep.com.tw
網址：www.bookrep.com.tw
郵撥帳號：19504465 遠足文化事業股份有限公司
客服專線：0800-221-029
法律顧問　華洋法律事務所蘇文生律師
印　　製　成陽印刷股份有限公司
初　　版　2019 年 11 月
初版七刷　2023 年 7 月

歡迎團體訂購，另有優惠價，請洽業務部（02）2218-1417 分機 1124

國家圖書館出版品預行編目 (CIP) 資料

卡夫卡 << 變形記 >>（又名 << 蛻變 >>）：存在主義先驅小說 / 法蘭茲．卡夫卡 (Franz Kafka) 作；管中琪譯．初版．新北市：野人文化出版：遠足文化發行，2019.11
160 面；13×19 公分（Golden age ; 37)
譯自：Die Verwandlung
ISBN 978-986-384-390-0（精裝）

882.457　　108016672

野人文化官方網站

野人文化讀者回函

Extended Reading
延伸閱讀

少年維特的煩惱｜德文直譯・唯美精裝版
歌德經典悲戀小說，狂飆時代最惹淚的青春歎息
歌德｜Johann Wolfgang von Goethe｜著

- 獨家收錄10幅「法國插畫大師」Auguste Lerox復刻插畫
- 出版至今譯成超過50種語言，全球銷售破千萬冊

「如果沒有愛，沒有情，我寫不出任何東西。」——— 歌德
維特是一個嚮往自由的年輕人，他多愁善感、直率可愛、熾熱激情。在一場舞會上，他與夏洛特相逢，對她一見鍾情。然而夏洛特已有婚約在身，深愛著未婚夫阿爾伯特。
這份暗戀將維特推向生命的極限，他體驗了極致的喜悅、極致的孤獨，然後是極致的絕望。他在愛中苦苦掙扎，同時又感受到自己與保守虛偽的封建社會格格不入。當悲痛超越了精神上的承受極限時，欲自救又不得解脫，他只剩毀滅一途。最終，維特抱著「為愛而死」的信念，飲彈自殺⋯⋯

而我必須是光｜philo哲思系｜
淺讀尼采即深思，吟遊在孤獨超人的靈魂安歇處
尼采｜Friedrich Wilhelm Nietzsche｜著

- 本書「由簡入深」節選尼采四部名著
- 尼采的思想，改變了許多人對人生和世界的看法

本書從尼采畢生著作中，精選四部由簡入深的尼采作品，避免一般讀者直接面對哲學艱深枯燥，難以下嚥的挫敗感。
針對在生活中迷失自我，甚至被親人情緒勒索，感到迷惘的人，本書給予直接的答案，協助讀者解答生命的困惑和困擾。適合那些想從哲學中尋求智慧之光的人，讀尼采就足以安撫你當下的焦慮和迷茫，找到生命的本真，發現熱愛生活的力量。